something 27

サムシングプレス

水出　みどり

みずいで　みどり
北海道小樽市生まれ、札幌市在住。既刊詩集『冬の樹』『髪についての短章』『眠りの吃水線』『声、そのさざ波』。二〇一七年秋『夜更けわたしはわたしのなかを降りていく』を出版。詩的現代会員、「まどえふ」同人。

水のらせん階段を降りて

水のらせん階段を降りていくと
ひっそりと町が沈んでいる

細かい雪降りしきる町
ときおり
とおい海鳴りが響くだけの
しずかな町の夕暮れ

ひとびとの背には
まだひれが残っている
行き交うとき
ときにしなやかに優しく
ときには愛撫するように激しく
ひれを振りあう

少女だった
はるかな日
吹雪のなかにみうしなった
父を
この町で探す

美しい血

暗い画面に火の手があがる。
赤い炎にそって青い炎が吹き上がる。
漆黒の夜を焦がす火の美しさに魅せられ
て　放火を繰り返した。この燃えさかる
ものの美しさに　この烈しさに　この陶
酔感のためになら死ねる。

（赤い色は血ですか）
（そうです）
（この青い色は）
（これも頸の血液です）

わたしのなかの青い血。青と赤。わたし
を巡る美しい血。わたしは生きている
生きている　生かされている　わたしを
巡る美しい血

美しい血　わたしは生きている
生かされている
わたしを巡る火のように美しい血。

とうさんの声

締めきったベランダを開ける
青い空
風が九月を揺すっている

細ながいテーブル
ソファ
火のないストーブ
テレビ
茶箪笥のなかの湯飲み
赤いポストの貯金箱
壁に掛けられた
茶の縁取りの時計は
一時三十分で止まっている

森閑としている
睡るもののゆたかさ
いまは亡いひとの
沈黙のゆたかさ

わたしのなかに睡る
記憶のなかで睡っている
とうさんの声
百歳近くなっても生に執着し続けた
とうさんの張りのある　声

死ぬということは
残されたもののなかに
声を置いてゆくこと
それは生き生きした表情を持って甦り
二度と失われることはない

止まっていたはずの時計が
三時二十分を指している
とうさんのおおきな声が聴こえる

私はまだ死んでなどいない

降りていく

階段である。石の。どこまでも続く石の階段である。中央の鈍色に光る鉄の手摺りが上りと下りを仕切っている。母親に手をひかれた幼い男の子。青いコートの下の細い足が上っていく。

誰も行く人のない下りの階段を　一段一

段踏みしめながら降りていく。異国の下町。手摺りが冷たい。初冬の淡い太陽が石の階段のわずかな窪みに影をつくる。まだ灯らない街路灯が　おなじ間隔で続いている。

降りていく。左右の堅牢な石の壁が　ゆっくりとせり上がってくる。ゆっくりとせり上がって消えていく　私のなかの昨日。消えていく風。消えていく光。消えていく言葉の残響。ひたすら下降するふるえるようなときめき。

明るい地下街は駅に続いている。ちいさな待合室に人が集まって　異国の言葉が飛びかっている。名詞も形容詞も溶けてしまい声だけが響きあう　意味を失った言葉のやさしさ。私は探さなければならない。まだ語られない言葉を。

ほの暗いプラットホームには誰もいない。たったいま列車は発ったようだ。線路にはいちめんに白い花が散らばっている。どうしたのだろう　いつのまにか線路は水浸しだ。次第に水かさを増していく。白い花はみえない柩を追うようにいっせいに流れはじめる。遠く海鳴りが聴こえる。

夜更けわたしはわたしのなかを降りていく

夜更けわたしはひそかにわたしのなかを降りていく。わたしの知らないわたしのなかを。なまあたたかい風がふきあげている。うごめくものがある。降りる　ひたすら降りていく。波の音がきこえる規則ただしく波の音が響いてくる。素足がつめたい。

仄白い月光のなかの海。波は声を溶かし昏く泡立っている。波は母のそのまた母のその母の祈りのように唄のようにわたしを揺すった。岩かげにひっそりと鱗をひからせていた遥かな日。

いつかわたしは波のおおきな循環のひとしずくになる。寄せては返す波のひとしずくになってあなたのなかへ還っていく。

（以上、詩集『夜更けわたしはわたしのなかを降りていく』より）

Essay

Mizuide Midori

僕ごはん我慢するから

「ママ、僕ごはん我慢するから死なないで、僕いい子になるから」

この短歌にショックを受けた。

「something26」青山みゆきさんの短歌である。

「三世帯住宅にも革命があってシリアの少年兵は戦場で何を見たのですか」

という短歌があるので「僕」はシリアの子供であることがわかる。

ショックを受けた。

倒れた母親に寄り添って、必死で「死なないで」と叫んでいるちいさな男の子の姿がわたしの瞳の裏にゆれる。

しかも「僕ごはん我慢するから僕いい子になるから、ママ死なないで」というのだ。たぶん、育ちざかりで食べざかりの「僕」は内戦で食料不足に悩むママにもっと食べたいと困らせたのではないだろうか。

「僕いい子になるから」というのはごはんを我慢するということなのか。

あまりの痛ましさに言葉を失う。

子供は生まれる国を選べない。

「僕」はシリアに生まれた。

テレビを点ける。

わたしの生まれた国、日本のテレビ。

若い女性が、どうしたら痩せられるか、美しくなれるか、痩せさえすれば良いことがあるようなことを言っている。

日本でも七十年前、戦後の東京の焼け野原に浮浪児があふれかえった。親のないその子たちはその後どんな人生を送ったのだろうか。

以前わたしが勤めていた会社でHという男性の言った言葉が忘れられない。

「終戦後トラックに乗って山を越えた。そこでもらったあんパン、おいしかったなあ、ほんとうに幸せを感じた。今あんパンを食べてもあんなに幸せにはなれない、どうしてなのかなあ」

戦争が終わって　僕等は生まれた

戦争を知らずに　僕等は育った

・・・・・・・・・

・・・・・・・・・

戦争を知らない　子供たちさ＊

ジローズの歌うフォークソング、そのギターのふしぎな明るさが好きだった。今は戦争を知らない、語らない大人たちがふえた。その人たちに読んでほしい。「ママ、僕ごはん我慢するから死なないで、僕いい子になるから」の短歌を。

＊北山修

「戦争を知らない子供たち」より

（角川文庫『戦争を知らない子供たち』所収）

丸田 麻保子

まるた　まほこ
一九六九年、東京都生まれ。第一詩集『あかるい時間に』（ふらんす堂、二〇一七年）。新井豊美さんの詩の教室、国立市公民館の詩のワークショップ、福間塾に参加。

炎天

昼さがり
工場を
出て気がついたのです
いつのまにか
腕時計がなくなっていました

しらない人と
夢のなかで
澄んだ水に
手を浸したからでしょう

草

これからも会うことはないでしょう
そう書くつもりだったのだが
これから会いにいく
と、書いていた

そこだけうすく、陽が射している
緑と水のにおい
また来たのだ、ここに。

まだ文字も読めなかったころの背丈で
手のくびに
草まきつけてる

おちば

くさをにぎりしめると
あのまどにあかりがともります

ゆめのなかでは
まいおちるこのはをてのひらがうけとめました
まどにたきびいろのあかりともるとき
くるくるとあそんでいるでしょう

その場所で

こごえるような藍色　ノ空ノ下
行列は、
くるわせないように
ていねいにたわめられる
その場所で生まれたひとたち。ヨソから来たひとたち。
密になっては
いつか、
ほどかれていった

トオク　ちいさく　在るもの。
夜。と夜あけ。そっと
くるむように　仄　あかるむ

ただそのように、したのだろう。そのとき
みずみずしいだろう

みずうみ

青いひろがりが
どこまでもつづいていた
ときどき鳥がやってきては
離れていった
沈めては映し
映してはさらに沈め
なぜだろう
内側にいくほど
澄んでいるのね
銀のフチの
眼鏡がぱりんと割れた
どこから来たのか
わすれてしまいそうになる
覗きこんでは
瞳をそらす
ここから来たことを
思い出しそうになるの

水を運ぶ

丈高い草花をかきわけ
足くびを、ぬらしながら

すすんだ。
波のような草、あかるい滴
緑の向こうの、川のながれ

水のなかを漂う雲に重なるようにして
懐かしい顔がとおり過ぎてゆく

若い祖母
子どものままのいとこ
あの子のおかあさん

光が、
散っている

ちいさな手が
水を掬うだろう
ゆびを固くあわせて
こぼさないように運ぶだろう

（以上３篇、詩集『あかるい時間に』より）

映画のなかの夢

いつか見た
映画のなかの、夢のような
不思議な夢が見たい
薄らいでゆく意識のなかで見る
あかるい、光のような
夢を夢見たい

音と匂いが欲しい
腕を伸ばして
手のひらを空に向けて
待っているだろう、呼んでいるだろう
夢のなかの動物のように
音と匂いを、嗅ぎあてるだろう
たっぷりと浴びるだろう
夢のなかの動物が血を浴びたように

島の、熱くしめった砂の匂い、水の音
ふたり手をとって
足跡を洗い流されて
だれにも邪魔されずに漕ぎだしてゆく

夢のなかの動物のように
音と匂いを摑みとり
深く吸い込んだら
舟を漕いでゆく
時間をさかのぼってゆく

夢のような夢が見たい
いつか見た映画のなかの夢のような
もうほとんど覚えていない映画のなかの夢のような
おぼろげな記憶のなかの夢のような
ぼやけた視界に目をこらし
濁った水のなかで澄んでゆく影を求めて

Essay

Maruta Mahoko

とりとめもなく

1.

折にふれて思い出す、画家の熊谷守一の言葉がある。

　紙でもキャンバスでも何も描かない
　白いままがいちばん美しい。

とうに美しいものに、なぜ描くのだろう、書くのだろう。

そんなにも美しいものの上に、ほんの一瞬でも場を借りて、存在することが許されるとしたら。それは、どんな文字だろうか。問いつづけていきたい。

2.

真新しいものに対する気恥ずかしさなのか。なんなのか。理由はよくわからないけれども。詩集は、5年ぐらいいっしょに暮らしてから、こそっとひらきたい。字を読むのが遅くて、読みたい詩集や本がたまりがちだし、そういうわけにもいかないから、じっさいには、いま読める感じのするものから手に取っていくわけだけれども。

5年でも、10年でもいっしょに暮らして、その間、ずっとその存在を感じていたい。

そうして本をひらいたら、どんなだろう、などと想像してみる。

埃の舞う自然光のなかで手に取る本の、表紙はすこし日に焼けているかもしれない。読みはじめたら、思いもかけなかった言葉が並んでいるだろうか。やっぱりそうだったんだ、と思うだろうか。

ほんとうは、こころを打たれる本や詩集は、その姿をとるずっと以前からわたしの部屋にあったのではないか。そんな気がしてならない。

3.

そのころは、いまのように検索で古本をみつけるなんてことはできなかった。

真夏。偶然はいった喫茶店で、手に取った。読むのがのろいので、必死で読み終えた。鞄のなかに隠して持ち去りたいのをどうにか我慢して、店を出た。どこに惹かれたのかよくわからなかったが、その異世界にとらわれたまま家にかえった。そのころのわたしと変わらぬ年齢の少年がフリルのブラウスを着ていた。担任となる若い女性の新米教師は、やわらかそうな巻き毛で、そうとは知らずに少年の住むお屋敷に下宿してしまう。なんて書くと、しょうもない話にしか思えないだろうが、それが大島弓子の手にかかるとどうしてあんな作品になるのか。『ミモザ館でつかまえて』であった。絵の向こうから、風が吹いてきた。葉擦れの音がした。

　針をずらせよ時計
　枯花よ咲け

鬱陶しい現実に戻っても、半身をミモザ館に残してきたわたしは、ふわふわとしたままだった。その夜、ねむれなかった。世間は騒がしかった。羽田空港を出た日航のジャンボ機が消息を絶っていた。ひとばんじゅう、ラジオのニュースを聞いていた。

毎年、その日が来るとまぶたを閉じる。

髙橋 冨美子

たかはし ふみこ
一九四四年東京生まれ、神戸市在住。詩誌「イリプス」同人、二人誌「木想」発行。詩集『魚のポーズ』、将棋詩集『駒袋』、『塔のゆくえ』『子盗り』。日本現代詩人会、兵庫県現代詩協会会員。

まだそこにいる

ののあるが生まれた日には
流された牛が泳いでゆく
夏がおおきな口あけて
呑み込まれそうですワタクシタチ

ののあるが伸びあがれば
海の蓋がひらくので
そっくりかえった空うら返り
釣り竿が岸壁に立ちならぶ
極彩色のルアーが転がって
カラカラと蟬が笑う

ののあるはけたたましい
耳塞がれた子どもは逃げてゆく
待てええ
鎌ふりあげる狼の息なま臭い
大風が去り
鎮まる地球にアナウンス
電車はみっつめの駅で停車中

ののあるが歩きだすと
山は動顛して火を噴き
川の水があふれだす
のお　のお　のある
のあある　のあある
ののあある

緯度

冬のさなかに桜が咲き
あんぎゃんぎーが還ってくる
血のにじんだ包帯の
左足ひきずる後ろ姿で
ざわわざわわ
花の枝が撓みしなり
激しい風が
そこらじゅう引っ掻いたあとの散らばる雲に
移りゆくものの正体をみる

あんぎゃんぎーはどこにいる
ゆっさゆっさ
鋭い嘴の鳥たちが
東から西へわたって
馬のお尻がとんぼ返り
しっぽ振られる冬枯れの野の
そこだけ緑の草しげる陽だまりに
下手な指笛聞こえれば
あんぎゃんぎーはそこにいる

午後のまぶしい光がとどけられ
思わず瞼が細くなる
あちらこちらで爆発がおき
築かれる瓦礫のやま
手向けられたとりどりの花束に埋もれて
みたび死んだ
あんぎゃんぎー
うす汚れた包帯の
左足ひきずる後ろ姿で

なんと罪深いアナタタチワタクシタチ
駱駝のやさしい眼に
気を許してはならないのだ
ほら
ずっと南の
そのまた南の海の底から
駆逐艦が動かない影を運んでくる

こんな夜には

ぼおおお
ぼおおお
ひでぼおが泣く
空にむかって
赤い喉開いて
声なげだして
ぼおおお
ぼおおお
ひでぼおが泣けば
とおくの砂浜で
捨てられた犬が吠え
神社の境内で
咲きはじめた桜が散る
ぼおおお
ぼおおお
線路づたいの
仄白い
星たちや
錆びた自販機
物陰に沈む
オートバイも
みな
身を震わせて
もらい泣き
ぼおおお

ぼおおお
剝がれた壁に
頭もたせ
閂おろした
ひとびとの胸に
温かな涙あふれて
崩れた塀つたい
飛び散った瓦に
しみとおり
ほそい路地に
小さなながれとなる
ぼおおお
ぼおおお
ひでぼおが泣く
空にむかって
赤い喉開いて
声投げだして

Fermentation（発酵）

しずかな町の
昏い屋根に
地図ひろげれば

ぼおぉと
黄色い灯りともして

無人の電車が通りすぎる
もう
はじまりましたか

痩せた黒猫が
爪先立ちの
のびをする

開いた口に
赫々と火は焚かれても

この地球《ほし》の
腐敗への道筋知るすべもなく
どこかで崩れる音

空に明滅する無数の光
ねっとり
海へ身を投げる月

目覚めても
めざめても
夜
舟が漕ぎ出される時刻《とき》はまだ

Essay

Takahashi Fumiko

言葉はどこから

「どうしてここにいるのだろう」そんな言葉がふいに脳裏をかすめる。たとえば散歩している公園で、ほころびかけた桜の蕾が、可愛い花びらを覗かせているのを見つけたとき。あるいは海辺の松林のなかで頬に風を受けながら気功や太極拳をしているときなど。自然のなかで気持ちが解きほぐされ、リラックスしているときが多い。

主人の勤めの関係でいくたびか転居を重ねてきた。結婚して十年目、東京からオホーツク沿岸の紋別市へ居を移した。舅を看取った後の初めての核家族の生活は開放感があった。冬は流氷を見下ろしながらのスキーを楽しんだ。山のなかでキタキツネに出会ったこと。活きている蟹を盥にいっぱい貰ったこと。夏には海岸で昆布を拾ったことなど、都会育ちの私たちにとって北海道での思い出は宝物である。その後伊勢、芦屋、神戸。そして震災の後、同じ神戸市内の駅前マンションへと移り住んだ。振り返れば多くの別れと出会いがあった。神戸に住んで二十三年。穏やかな瀬戸内の海に浮かぶ船を眺めていると、ようやくこの土地に腰を落ち着けることができたことを実感する。

さて「どうしてここにいるのだろう」という不可思議な感覚は長年の居所の定まらない生活のせいだけでなく、もっと根源的なところからくるのではないかとも思う。もしかしたらわたしの心の深い所に沈んでいる、「生きてここに在ることへの不安や期待」が言葉の形を借りて現れてきたのかもしれない。この「問いかけ」は詩の言葉のようでもあり、やがて詩へと繋がってゆく予感もする。

移住といえば、ドイツは昨年百万人の難民を受け入れたと発表した。弟の住む中心部の人口三千人ほどの小さな村も百人ほどの難民を自然体で受け入れたとか。戦禍の故郷を離れ、住む場所を求めて彷徨う人々が一日も早く平和な暮らしを得られることを祈るばかりである。

申鉉林

シン・ヒョンリム

詩人、写真作家。一九六一年、京畿道儀旺生まれ。一九九〇年《現代詩学》で文壇デビュー。詩集に『退屈な世界に、燃える靴を投げよ』『世紀末ブルース』『ペットに乗って走った』『半地下のエリス』など。詩と写真の境界を行き来するジャンルにとらわれない作家として、人間の持つ根源的な苦悩である「生」「老」「病」「死」、生命のサイクル、追憶、そして芸術の歴史まで幅広く、尚且つ奥深く追求している。

幸せを夢みること

幸せとは幸せになると信じること
私が真心を込めて手を差し伸べた場所すべてに
百の太陽が息づくと信じること

牛のようにばか正直に仕事をしていると
すべての川、すべての道が出会って波立つ
山はそれぞれ木の枝はすくすく育っていく
家はそれぞれ人の匂いに満ちた音楽が燃え上がり
廃墟はそれぞれ遊び廻る子供たちの力で蘇る

白い花びらがひらひら飛ばされるように
美しい日を夢みれば
読んだ本はそれぞれ青い夢をこぼし
魚はそれそれ澄んだ川を引き連れてくる

私が夢みていた幸せとは　幸せになると信じて
百の蓮の花を植えること
百の太陽を咲かせること

憂鬱なストッキング

泥の雪でも降り注ぐかのように空が憂鬱だ
遺言状のように十二月は憂鬱だ
毎年、一年は買ってすぐに糸が出るストッキングだ
ストッキングの端を摑んだあなたは寂しくて
サルバドール・ダリの時計のようにどろどろになるようだ

鬱病にかかった人々が
炭鉱の石炭のように零れ落ちる
何か一つでもしっかり握りしめた者の向こう側、
肩をいからす忘年会の蠟燭は棒心だけが同じだ
空に空手を振り回して救援を叫ぶが
今まで私は何をしてきたのか？　一体あなたはそのように生きてもいいのか？

無力感を忘れさせ慰めてくれるまっとうなものはない
黒ビールを飲みながら騒いだところで、電話なんかしてみたところで
空虚感の鋸の刃は胸を切って過ぎ去るだろう

開きもしないドアをたたき続ける人々
消滅につながる全知全能の絶望感を超えて
私の人よ、イルカのように跳ね上がれ
私の人よ、四月に満開した椿の花のように、バネのように・・・
あなたを慰める私の目が涙ぐんでいる
年末は危篤だ

愛を忘れた男

明日の飯代も稼げないのに、飯代は泡のように増えた
自爆テロの知らせは納税請求書のように積み上がり
生活に疲れた自殺者たちはクリーニングに服も出せずに消えていった
忘れたものがどれほど多いのか、歴史を忘れ、キスも忘れ
仕事中毒になれば愛を忘れてしまう
愛を忘れた男がセックスを忘れた女とすれ違い
セックスを忘れた男は寂しさを飛び越えようと
砂糖工場だと思って入り込んだところは苦い海だった

泣くこともできず涙も忘れてしまった。
腕は足を忘れ、足は頭を忘れた
何でこれほどまでに忘れていくのか
傷のせいなのか寂しさのせいなのか明日の飯代のせいなのか

詩も聖書も読まないので
魂の腐敗の速度はとても速かった
本が防腐剤であることも知らず、熊の胆のうや犬の肉を求めて
でたらめなことを言う男は、海にクリーニング屋があることなど永遠に忘れた
求めることがなかったので海には波が立たなかった
忘れてしまったので白い紙の束だけが空に飛んでいた
飯代が無くて飢えた者たちは地球の外に追い払われたりもした
何が大切なのか知らないままただ忘れていった

世紀末ブルース１
すぐに忘れられない夕方が来るだろう

１
すぐに忘れられない夕方が来るだろう
罪と悪という言葉を忘れたように、その夕方も忘れるだろう
忘れられた人と消えた動物を書いてみてよ
今日はコンピューターのにおいが嫌だから
手で書いた手紙で私を泣かせてみてよ

今、木を植えなければ
明日は日が昇らないかも知れない
ヨーロッパが洪水で、韓半島は日照りの中で
餅を売る露天商がサイレンのように泣くのを見て
光化門をビニールのように腐らせないここ
酌婦の股のように悲しいここ
三〇年後にはどうなるか、七〇年後に海水面が
四センチ高くなれば先祖様の墓は？
あなたと私の子は？
頭の中に鷲が飛び、自動車が走る
自動車のスピード、広告のスピード、バスケットボールのスピード
スピードの恍惚だけが恐ろしさを麻痺させるのか
地獄に住んでいながらどうして終末を恐れるのか？
二〇年後に私は閉経期なの
たった今生んだたまごのように毎日が温かかったなら
聖書やベケットが麻薬であったならば
倒れていく魂に火をつける人が必要だ
一緒に死んでいく人が

２
より残酷な日々が近付いている　—バッハマン

皆、二〇〇〇年代に引かれていっている

君も感じるのか？
どれほど恐ろしく私たちが滅亡に奉仕しているのか
ファミリー核塔では黒い煙が聳えたち

シベリアは油の流出で死んだ地になるのか
車は都市の真ん中に閉じこめられて豹のように泣き叫び
なす術のない手は麻薬とセックスの方に流れていく

来世を信じられない世の中だから
運命論の霧が深く広がり

三四歳の独身女である私は
くたびれた牛のように倒れていて
これ以上読まない詩集のように
ひと気のないソウルの夜明けを見た

滅亡を想像すれば
現実は夕方の聖餐のように
すてきでドラマチックじゃないかな
どうせ人生は虚無のシネマ天国じゃないの

呻く地球村の写真より
死よりもっと恐ろしいのはニヒリズムだ
曲がった釘のように萎んだペニスのような君の諦めだ

3
来るのか、お出で。あの世の息を吐き出して
ごみと涙で苦痛の五大洋を広げて
冷えた眠りとご飯で希望を呼んで
情やお金というやつのために苦痛の胸を踏み付けて
来るのか、お出で。世紀末よ西暦二〇〇〇年よ

日本語訳　韓成禮（ハン・ソンレ）

1955年韓国全羅北道井邑生まれ。世宗大学日語日文学科及び同大学政策科学大学院国際地域学科日本学修士卒業。1986年『詩と意識』新人賞を受賞して文壇デビュー。詩集で『実験室の美人』、日本語詩集『柿色のチマ裾の空は』『光のドラマ』など。1994年、許蘭雪軒文学賞、2009年、詩と創造特別賞（日本）受賞。宮沢賢治『銀河鉄道の夜』、丸山健二『月に泣く』、東野圭吾『白銀ジャック』、辻井喬『彷徨の季節の中で』など、韓国語への翻訳書と、特に、日韓の間で多くの詩集を翻訳。詩集では、鄭浩承詩集『ソウルのイエス』、金基澤詩集『針穴の中の嵐』、安度昡詩集『氷蝉』などを日本で翻訳出版し、西一知、一色真理、小池昌代、伊藤比呂美、田原などの詩人の詩集を韓国語で翻訳出版した。現在、世宗サイバー大学兼任教授。

大坪 れみ子

おおつぼ　れみこ
一九五四年岩手県生まれ。同人詩誌「舟」（一九七五年創刊）を引き継ぎ編集・発行している。現在一七一号を編集中。二〇一五年、韓国訳詩集『月の顔』出版。昨年は日本版『月の顔』を出版した。

距離

朝　目がさめると雨が降っている
あれから　ずっと降りつづけている
死者と生者のあいだで目を凝らし
見張りをつづけている雨
雨の音は　急にとだえたり　遠くなったりする
そして　またそのうちに近づいてきたりするけれど
ただそれだけのこと

電話のベルが鳴る
チリンと一度だけ
だれだったろう？　とわたしは考えるけれど
電話のベルはもうしばらくは　鳴ったりはしないだろう

雨の音のむこう側
電話のベルのむこう側
まるで　遠くにいることこそがわたしたちの日々の証しででも
　あるかのように
どちらからも　なにも伝えようとせず
遠く　遠く隔たったたままでいる

かたく守られなくてはならない　死者と生者の距離
隔たって　なおそれが喜びであることが
試され　突きつけられる

こちら側では忘れられてそこにあったものたちが
遠慮がちにふたたびわたしに近づいてくる
音楽も流れ
ニュースもはじまる

空を見上げ　時々は手をふって
遠い距離を生きること

終わりのない記憶が実現されるために

（「舟」１４１号）

いちじくと空
――飼い犬にえさをやることができなかった

その頃、わたしたち家族は犬を飼っていた。毎日、日が暮れるころになったら犬を散歩につれていくのはわたしの役目だった。わたしは犬の鎖をはずし、散歩用のひもにかえて犬を引っぱっていく。散歩の道筋はいつもまったくおなじだった。排泄をさせるのが目的だから、いつもおなじ場所につれていくのが散歩を早く切り上げるのに都合がよかった。わたしは散歩をしながら、犬の方をみなかった。犬から目をそむけていた。いつも、わたしがみていたのは、西の方にしずむ夕日、その夕日に吸い込まれるように集まっていく悲しげな雲だった。

犬はむじゃきに散歩ひもをひっぱり、どこまでも遠くへ行こうとする。わたしは泣きそうになりながら家の方へとひもをひっぱった。

犬には一日二回えさをあたえることになっていた。それもわたしの役目だった。犬はその時間になるとかならず吠えた。少しえさをあたえる時間が遅れると、悲しげに、泣くように吠えた。わたしはその声を聞くのがいやだった。しかたなくえさを持っていって、犬用の皿にさっと流しいれた。そのときもわたしは犬をみなかった。だんだん、わたしは犬にえさをあげなくなっていた。犬はときどき自分の排せつ物を食べたりもした。

そしてある日、その犬が弱って死にそうになっていた。わたしの夫や子どもたちは、まるで家族を失うかのように悲しみ、なでてやっていた。わたしは怖くて近づくことができなかった。

しかし、わたしは、家族が留守のとき、犬のそばに近づいた。どうしても鎖をはずしてやりたいと思ったからだ。

だがもう犬はぐったりしていて、鎖をはずすことはできなかった。犬は従順な優しい目で一度だけ、わたしをみあげたがその目はもう灰色にかわっていた。そばに、よく熟れたいちじくの実が二、三個落ちていた。その犬が、いちじくを食べているのをみたことがあったので、その一つを犬の鼻先に置いた。それから、犬の頭に手をふれてみた。硬く、コツコツとして、小さかった。

わたしは、犬と同じ目の高さで、犬がみていた空をみたいと思った。わたしはひざまずいて、それから、自分の頭を地面に付けた。

その不自由な角度で上をみた。

透きとおった実をつけたいちじくの木がみえ、そのむこうに真っ青な、あかるい空があった。それをみた瞬間、わたしは、わたしも犬と一緒に死んだのだ、と思った。

（「舟」１３７号）

登攀

わたしは山であるかもしれない
山だとしても
わたしは山であるわたしの突端にいる

わたしを登るだれかがいて
だれかが登るわたしはじっとしている？
いいえ
わたしもやはりわたしを登る

山なみがみえる
ずうっとずうっと
とおくまで
ずうっととおくに海がみえる

わたしは海ではない

夜がきて
山と海のあいだにひとつの明かりがみえる
山のふもとには
明かりをみつけただれかがたどりつく

わたしは明かりでもある
たどりついただれかのための明かりでもある
さらに暗やみへとみちびく
明かりでもある

手をひき
奥へ　奥へ
それから
登っていく

山へ
と

（「舟」１４９号）

場所

くらやみのなかで目をとじると
あたりはどんどんあかるくなって
わたしは自由自在
どこにでもいける

けれど
目をあけるとあたりはまっくら
わたしはどこをあるいているのか
いまどこにいるのか
なにもわからなくなる

朝のひかりのなかで
かがやいている木の葉　花々
小鳥のさえずり
それらすべての満ちたりた風景は
それは　わたしのものではない
わたしのためにあるのではないから

風がふいてきて
それが
わたしを呼ぶひとの声に変わるまで
ここは　わたしの場所ではない

（「舟」１３２号）

Essay

Otsubo Remiko

想像力について思うこと

わたしは四十歳になる頃から詩を書き始めた。外からみれば普通に暮らしているようにみえていただろうが、いつのまにか心と身体のバランスをくずしてしまっていたのだろう。このままでは死んでしまう？　という危機感が内なるわたしをたちあがらせた、という感じである。内面で何かがおこってしまい、強烈なイメージに震えながら、宙をさまよっているような毎日を送っていた。その実、夫や子供、家人のだれもそのことに気づきもしなかった。それからまもなく、その内なるわたしが外部に出たのか、同時にわたしは婚家をとびだした。一年毎にひっこしというような疾風怒濤の日々となった。しかしそのおかげで、イメージのなかでたちあがった赤ん坊だったわたしは、わずかずつではあるが背がのびて成長し、いまやっと十五、六歳ぐらいかなという感じだ。

最近、わたしとおなじように「内なるわたし」のイメージで書かれている詩をよく目にするが違和感を覚えるものが多い。それらの詩は、その人の人生や日常生活には変化をもたらさず、作品のなかだけでそのイメージをふくらませたりかざったりしているようにみえるからだ。それは、子供のためのファンタジーやアニメの世界のものであって、詩を育てる想像力とは別のものではないだろうか？　大人になってからも、そのようなイメージ世界に固執することは、想像力をむしろ窒息させてしまうことになるのではないかと思う。

想像力とは本来、目にみえる世界と目にはみえない世界をつなぐ力。その両方の世界を行き来し、人間の生をどんどん変貌させながら、光のほうへと導く力。自由へと飛び立つ勇気をあたえてくれる翼のようなものであると思う。

ところで、わたしは、詩を書きはじめたことで出会い伴侶となった西一知（詩誌「舟」創刊人）が亡くなって一年程経過した頃、ドイツのグリューニンゲンにあるノバーリスの恋人ゾフィーのお墓を訪ねたことがある。魂の出会いによって結ばれたと強く思っていた西と、もう会うことができないという事実が認められず、かといって、後を追って死ぬなどということも考えられなかった。そんな気持ちをなんとかしたかったのだ。

ワイセンフェルスにあるノバーリス記念館の入り口のテーブルに置かれていた来館者ノートに「わたしはまだ生きていていいのですか？」とノバーリスに相談でもするかのように一行だけ書いた。そして翌日、列車もすでに運行しなくなって久しい片田舎のちいさな駅からさらに奥のグリューニンゲンになんとかたどりつき、古城の敷地内にみつけたゾフィーの墓石の前でしばらく夕暮れの風にふかれてみた。ノバーリスはここに座ってゾフィーの亡霊をみたという。わたしもじっと待ってみた。亡霊に会うことはもちろんかなわなかったが、今もなんとか生きている。

ノバーリスはゾフィーの死後数年を生き「夜の賛歌」を書き、想像力の「青い花」を書いた。想像力の視点からとらえた百科事典のようなものさえ書こうとしたらしい。

どんなに科学技術が進歩し経済が発展しても、いつの時代であっても、個人のなかの想像力はなくならない。なぜなら、人間が生きていくために必要だからだろう。現実は目にみえる生活のなかにだけあるものではない。目にはみえていない生活も含めてこそ、その人の現実といえる。この本来の現実感覚、つまり想像力が詩にとって最も大事なものだろうと思っている。

坂多　瑩子

さかた　えいこ
広島県生まれ、横浜市在住。今年はやっと個人誌を出すことができそうです。「孔雀船」「生き事」「二兎」同人。

叔母さん

爪切りなくなる
ズボンなくなる
叔母のいえ
そのうち
叔母もなくなる
私もなくなる
はやくさがさなくてはいけない
冷蔵庫の中
原っぱの中
夢の中

わたしの保険証みつかりましたか
叔母がテーブルに尋ねている

窓から地図が舞いこんできた
矢印にそっていっしょに行こう
矢印とぎれ
行き止まり

むかし住んでいた家
ほら見て
棚のうえの写真
私と叔母
二人で型紙とって縫って羊毛いれた人形がすわっている

人形は洋服着せてはいけない　かわいさが半減するからね
そういった叔母さん
裸でしゃがみこんでいる

ズボンどこ
シャツどこ

私
ふいっとどこかに帰りたくなって
みんなぬいじゃって
かわいさが増したかな

さんぽさんぽ

もうおいくつになられましたか
近所のおばあさんに呼び止められた
おばあさん
まだ生きてる
何年か前
あたしお葬式
いった
腰が曲がり背中が曲がり
さすが
足だけ達者で
すぐ見えなくなった
そりゃあそうでしょうよ

今朝の空気はつめたい
襟をたてなくちゃ
とうのむかしに捨てたバッグが
ころがっている
おかしいじゃないか
金具だけが
やけにひかって
ちがうな
あれは
霜柱とお日さま

おばあさん
おばあさん
あぶないですよ

あたしが呼ばれてるんだ

弟

自分そっくりな男が浴室に立っていて窓の隙間から
抜けて出ていってしまったと
弟のはなしを聞きながら
ちがう
あんたではないよ　おじいさまだよ
話して聞かせているつもりが
たっぷりとした湯のなかで浮いている一本の髪の毛を
手のひらですくいあげているが
指のあいだから湯といっしょに流れ落ちる
あれはぼくだったんじゃないかなという弟の口を手のひらで封
じ
封じきれない隙間から滑り落ちた声は湯のなかで
ぼくだったんじゃないかな
弟よ
もうずいぶんと遠いところへ行ってしまった
あんたにそっくりな私たちのお父さまだよ
ひいおじいさまだよ　ひいひいおじいさまだよ

髪の毛は湯のなかで
成長し
おまえの頭をおおうまで成長し
五右衛門風呂の
まるい底ぶたに
ひとりで乗りたいと
ちいさな小さな弟がさわいでいる

幼年

朝のなか井戸を見るとただ一つの点で井戸はそのまままくねりと伸び上がり　あっ蛇　小さな子が口をぽかんとあけたまま指さすそちらをみると霧のようなものがたちこめ雑草がザクザクあるきはじめた

目が覚めた
ひどく蒸し暑い
いど　が
と小さな子がいった

いどって
なに
あたしは聞いた
せきこんで聞いたのに
その子はもうひどく遠くをあるいていて

井戸はちょうど
画用紙の真ん中にあり
画用紙はかなりくたばっていて
黄ばんでいて
風が
はしをめくり上げると
画用紙は
チラリとあたしをみて
とぶように窓のそとに逃げていった

Essay

Sakata Eiko

本から本へ、

本を読んでいると、そこに紹介されている他の本が無性に読みたくなる時がある。ハシゴ酒みたいに、ネット放浪で注文するのである。

つい最近の放浪の出発点は、現代詩手帖の鮎川信夫賞の選考対談からであった。

北川透氏が近藤洋太氏の『ＳＳＳ』を取り上げ、こんなに夢中に読ませるものを書いた人は、ここ十数年いないんじゃないか、でも詩の面白さとはどこか違う気がする、と発言し、吉増剛造氏もあまりの面白さにこんなことが詩でできるのか、という驚きが先ずあった、と。そして本のなかでとても印象に残った二階堂奥歯さんと山田花子さんの本を事務局にお願いして取り寄せたと言っている。

ここまで読んだら、先ず『ＳＳＳ』を読みたいと思う。このタイトルは、都内のこぢんまりした総合大学のサークル名で、表向きは「推理小説同好会」だが、正式には、SOCIETY FOR THE STUDY OF SUICIDE「自殺研究会」の頭文字からとっている。

２０１４年春から２０１７年春までを、六章にわけ、章ごとに個人の独白というかたちをとった長編詩である。同じサークルのメンバーたちなので、独白も入り組んでいる。自殺を勧める会ではないが、自殺した人の名前もいろいろ出てくる。藤圭子とか、そこに山田花子や二階堂奥歯が出てくる。さっそく二階堂奥歯の『八本足の蝶』を注文した。

４８０頁もの本で帯に「物語を愛してやまなかった人が、あなたに読まれる物語になった」と赤い文字で書かれている。うまいこと書くと思った。この本が、第一回超発掘本２０１６年本屋大賞だなんて知らなかった。こんなネーミングの大賞があることも知らなかった。近くにあった唯一の本屋さんがつぶれたため、本買いはネット中心になってしまったからだ。本屋に行けば、おそらく平積みになっていただろう。

この本は、４１１頁まで日記（２００１年６月13日から２００３年４月26日亡くなる日まで）である。亡くなる月の日記は、痛々しくて読めない。それにしても読書量が半端でない。編集者なので、毎日の仕事も忙しいだろうに、その驚異的な読書量は人間業とは思えないくらいだ。私なら毎日徹夜で読んでも間に合わないだろう。それでも幾つかの共通点があった。神について多くの言葉を残しているところもそのひとつ。私は残したわけではないが、神について長い間ぐちゃぐちゃ考えていた。その結果、「神は愛である」にたどりつけず、「正しいことを行うのに疲れないように」という言葉につまずいた。で、のんべんだらりとまだ生きている。

奥歯さんは、若い女の子らしいことを書いている日もあるが、切り取り方は常に鋭い。

「このワンピースを着たら、きっと体温が低く見えるだろう。ハンガーに引っかけるような風に身体にこのワンピースを引っかけて、まっすぐに無造作に突っ立ってみたいと思った。」

「切り傷ができると、そこから自分の身体がめくれあがっていくところを想像してしまう。そうすれば今度は輪郭のこちら側が内側になるだろう。私は世界を内に閉じ込めるために自分をくるりと裏返すのだ。」

お洒落でチャーミングでちょっといびつな奥歯さん、奥歯さんの本から注文したのは、岡崎京子である。『リバーズ・エッジ』の中で一部引用してあるウィリアム・ギブスンの詩「愛する人（みっつの頭のための声）」が全部引用されていた。

左子 真由美

さこ　まゆみ
一九四八年岡山県生まれ。総合詩誌「P O」発行人、「イリヤ」所属。日本現代詩人会、日本詩人クラブ会員、関西詩人協会代表。出版社竹林館代表。
詩集『愛の手帖』『あんびじぶる』『Mon Dico ＊愛の動詞』『omokage』他。

あなたの森には

あなたの森には
どんな風が吹くのだろう
あなたの森には

ヒマラヤ杉の高い枝が
鬱蒼と空を覆っているだろうか
あるいは

ブナの木の
やわらかな若い葉が
木漏れ日に揺れているだろうか

泉はあるだろうか
あなたの森には
人知れず湧きだしてしまう深い泉

泉では誰かが憩うだろうか
あなたの森には

美しい住人《ひと》が住んでいるだろうか

どうやらわたしは
あなたの森で
迷ってしまったらしいのです

森のいちばん深いところで
いつ知れず湧いてくる
哀しみの泉を探して

森のいちばん高いところで
鳴いている
まだ見ぬ藍色の鳥を探して

ひっそりと静かに
熟して落ちる
愛の木の実を探して

どうやらわたしは
あなたの森で

踏み迷ってしまったらしいのです

青草揺れる
世界の果ての
時間の果ての森のなかで

さようならとこんにちはの間で

さようならをするには辛くて
こんにちはができるほど元気ではなくて

そのはざまで
うつむいていることってない？

どんなビタミン剤を飲んでみても
どんな楽しい冒険映画《ファンタジー》をみたとしても

ひとには見えないのでしょう
スクリーンの裏で吹きあれている嵐

ひとには聞こえないのでしょう
バラバラと屋根をたたくあの霰《あられ》のおとも

さようならとこんにちはの間には
ずいぶんと長い道のりがあって

廃墟のような街に
小さな草が芽生えるためには

まだ時間がかかるのです
もしかしたら地球が何百回も何千回も回らねばならないほど

いつか太陽のひかりで緑の葉が開くには
少女がサンダルをはいて砂浜を駆けてゆくには

あと少しかかるのです
哀しみのなかから初めての花が咲くためには

キリリン　リン　とぶつかりあって
抱えていた厚い氷がすっかりとけてしまうには

シグナル

書けなかったことばがあって
それがわたしのなかに
いつまでも
点滅信号を送ってくる

それは
かまどの小さな種火のようなもの

または遠い昔に消し忘れたままの
部屋の灯り

なつかしい友だちのようで
古い恋敵のようで
見知らぬ誰かの涙のようで
捨ててしまった手紙のようで

いわれのない寂しさで
わたしの肩をたたく
愛しいシグナルよ
微かでもいい消えずにあれ

はるか彼方から
送られてくるピアニシモよ
あなたは詩
わたしの哀しみと喜びに触れてくる手

photo　佐子真由美

Essay

Sako Mayumi

桜、さくら

今年はいつまでも寒くて、春の訪れが遅かった。いつ春になるのかしら、と心配していると、ある日いきなり春がやって来た。ふんわり膨らんであとは咲くばかりといった桜の蕾が、咲きそうで咲かなくて……やきもきさせられた今年だけれど、ある日突然春の扉が開いたように、一日で咲いてしまった。

花の季節に帰省した息子夫婦に同行して、お邪魔覚悟で桜見物に。仁和寺、龍安寺と巡る。それにしても見事だった。遅かった春の訪れのせいで、いっせいに咲いてしまった桜の花。御室仁和寺は遅咲きの桜で有名であるのに、なんと満開。春のやわらかな風に乗って、ひらひらひらひら、花吹雪は庭に散り、池に落ち、人のまわりを舞う。なんて贅沢な一日。なんて優雅なひととき。私は息子にあきれられながら、あちこちで感嘆の声をあげつつ、のどかな春の日を過ごした。

それにしても京都には桜が多い。名所ならずともどこそこ花見には困らない。春いっせいに咲き始めるといったいどこにそんなに桜の木があったのかと不思議に思う。冬には裸で幹だけになるからほとんどその存在を意識しないが、消えていたわけではない。さりげなくそこにあったのだ。そして、確実に生き、着実に春を準備していた。

仕事で大阪の南森町に通っている。一号線沿いに桜の並木があり、今年も京都よりやや早く満開になった。その桜に感動したことがある。何や彼やうまくいかない日のことだった。二月の霙の降る寒い日のこと。仕事を終えて一人一号線に沿って舗道を歩いていて、ふっと見あげた目に桜のまだ固い蕾が映った。体中がかじかむような霙の日、冬以外の何物でもないその季節に、枝にしっかりとついたその蕾に、私はえもいわれぬ感動を覚えた。大げさだけれど、生きるとはこういうことかと、蕾にたまらないいとしさを感じた。霙に濡れなければ、雪に打たれなければあの春の日の美しさはないのだと。

そして、その時の印象をもとに、散文詩のようなものを書いた。

霙降る日の

冬の終わりの　霙降る日の　裸の桜の並木の　痩せた枝の　ひともとの桜のつぼみ　霙に打たれながらなお　かすかに膨らんだ　そのやわらかなつぼみ　お前はどこに隠れていたのだろう　長い間どうやって生きていたのだろう　霙に声もあげず　うなだれることもなく　しんしんと積もる雪の日には　どうやってしのいだか　どんな不眠があなたの夜を訪れたか　乾いた夏には　どんな飢えがあなたを苦しめたか　誰に見られようと思うこともなく　ただ膨らみ　咲いて　散る　ああ　何事もうまくいかない日の　悲しく自己を思う日の　霙降る日の　ひともとの桜のつぼみ　再生という　眩しい煌きは　いつもこんな薄汚れた霙の中に隠れて　静かに炎を上げているのか　通りすぎる濡れた犬　車の喧騒　人の別れ　霙のように降り続く　果てしない人生の無秩序の中で　なんというしなやかさ　確かさ　ささやかな営みの　うまくいくとかいかないとか　それがなんであろう　霙に手が凍えようと　冬の終わりの霙降る日の　暗く重い空の下に　いま生きんとするひともとの桜のつぼみ。

春に浮かれていればいいのに、ついつい冬の日を思い出してしまった。春の輝きも好きだけれど冬の厳しさも好き、とはなんて、ありがたい人なのだろうと我が身を思いながら。

和田　まさ子

わだ　まさこ
東京都生まれ。詩集に『わたしの好きな日』『なりたい　わたし』『かつて孤独だったかは知らない』（以上、思潮社）。詩の会・福間塾会員、詩誌「生き事」同人。個人詩誌「地上十センチ」を発行している。

乾杯

八重桜が重たく咲いて
惑星の針の一点ほどのこの街にも
春が来て
街路に出たカフェテラスでは
誰かのための乾杯と
ひそひそ話が交わされる

手から手へ
何が渡されていくというのか
こぼれたものもある
ひらめかせる手が軽くなったのは
迷うことから逃げたから
スイスの詩人もいて
言葉で伝えられないから
チアーズ
また乾杯のグラスがふれる
あなたとわたしのそれぞれの年月が交差する
ロンドンのパブで

わたしはどんなことでも話す気になっている
知り合ったばかりの彼女が
かつて孤独だったかは知らないが
知っていることは今日からのこと
息の仕方
断定するときの顔の表情
うつむく角度
それらを知れば
全部だ

たとえ雨に打たれても
走りつづけて息があらくなっても
チアーズ
酸っぱいケチャップとフライドポテト
たくさん食べよう
夜の芯が熱くなってきた

異国

路地に入れば
アジアの安い食糧や
真っ黒なバナナ
ココナッツの缶詰や
干しマンゴー
しなびたナス
二十ペンスのラーメン
知らない果物が
売られている
そこで話されていることばはわからないが
幸せかと問われるのは
わたしの方だろう

狭い通路に置かれた日本米
誰かが買って
誰かが食べて
世界はうまくまわっていると錯覚しそうだ

にぎわっている街から外れた裏道の
異国のなかの異国
その店のきつい香辛料の香りのなかで
わたしの貧しい部分が見透かされる

とまどいながら大通りに出る

ブエノスアイレス

ここから見えるのは向かいのホステル
入れ替わり人が入っては消えてゆく
みんな一泊か二泊すると
どこか知らない街に
行ってしまう

かっと陽が差して
体の古い組織が失われる
あの街からこの街に移ることは
道の窪みに
足を滑らせること
うまくするりと街に入ることができれば
素知らぬ顔をして歩けるし
失敗すると手間どって
ぎこちない足取りになる

そんなことはよくあるのだ
今回もまた失敗したね

固く握ったこぶしが
発火するほどの熱を帯びるまで
この街で迷ってみせる
特別な夏だ

知らないというのはわたしの方で
わたしもやがて
あなたたちの知らない街に行くのだが

扉をあけると
夏が鼻先をとがらせて
なだれ込む

さっさと扉を閉める
臆病ないいわけをし
酸素の薄くなる部屋で時間を稼いでいる
追手が来たら逃げる
という物語の破綻で
救済されるはずのわたしが
どこで負けるのか
知ったところでどうなるということもない

キッチンの壁には
ブエノスアイレスの夜の街角で
少年が横向きに立つ大きな写真
ここで迷路に入ったと
もっともらしくいうのはたやすいが
おそらくちがう
懐かしい夢をまだ見ているのだ

（以上、『かつて孤独だったかは知らない』より）

抜けてくる

ひらたい地面の町の
板の上に
思想の杖が
積まれていたことが
かつてあった
年月はそのあたりに太い草を生やしたが
いまは枯れ切った紫陽花の頭の垂れる冬だ
こちらから見えるのは
横向きに歩く人、人
犬だけがこちらを向いて
さびしいあくびをして見せる
ガラス戸があるのは
いつでも人が空に浮き上がっていくのを
押さえるため
だれかが
木でつくられた人型を通る
待っていれば
やがて来る
壊れながら、抜けてくる

（「地上十センチ」14号より）

Essay

Wada Masako

夏、ロンドンで

ロンドン自然史博物館は、借りて住んでいたフラットから三十分くらい歩く距離にあった。家族とともに、あるいは一人でもたびたび博物館まで散歩をした。うちから少し歩くと映画監督のヒッチコックが一九二六年から一九三九年まで住んだというプレートが貼ってあるフラットがあったり、小さな教会もある並木道だ。見あきない通りを歩くといい気晴らしになった。それに、入ってすぐに大きな恐竜の骨格がある自然史博物館は何度来ても楽しめる展示が数多くある。ミュージアムショップも充実していて、欲しいと思わせるものがいろいろ用意されていた。

しかしその日、私は浮かない気持ちで博物館までたどり着いた。道々の景色もよく見ないで、上の空だったかもしれない。初夏の気持ちよい空も見上げずに下を向いて敷石ばかりを見て歩行してきた。

家族の在外研究に付いてきたこの都市でしばらく暮らすうちに私はしだいに街への違和感ばかりかんじるようになってきていた。生活していくためのさまざまな支度を揃えるのは楽しかったが、それも一段落した。スーパーも電気屋も文房具屋も把握できたし、買い物は不自由しない。でも、ここが居場所ではないという思いが募るのだ。いま思うと異国にいれば、居場所なしの思いは当然の感情だ。しかし、帰国までの月日はまだまだある。居るところのない心細さが育ち、むくむくと湧き上がる感情を持て余していた。

日中一人でいるのも退屈かもしれないと着いて三日目から行き始めた語学学校も最初の熱心さは薄れ、教師とクラスメートの速い英語についていけないということばかりが気になって、毎日の授業が苦痛になってきた。登校したくないのだ。しかたがないので、学校に一週間の休みの届けを出した。

ぽかっとあいた時間ができたのだが、行くところも思いつかず、いつもの散歩道を自動運転のように歩いてきた。どこか不安で、薄ぼんやりと日本に帰りたいという感情を抱いていた。

今日はこの展示室を見ようというあてもないので、ミュージアムショップに入った。いくつかペンなどの品物を選んで支払いカウンターに向かった。レジにいるのは若い女性のスタッフだということはわかったが、顔を見るわけでもなく、すっと品を出した。そのときだった。

「そのネックレス、素敵。とてもいいわ。」

と、目の前にいる女性の快活な声がした。

えっと、一瞬とまどった。このネックレスが素敵？ ネックレスといってもなんでもない紺色のTシャツの襟に縫い込んであるジャラジャラとしたかざりのようなものだ。Tシャツそのものも高価なものではない。そう思って彼女の顔を見たら、とびきりの笑顔があった。

「ありがとう」

そう答えると、彼女はさらに笑顔になったので、思わずこちらも声を出して笑ってしまった。

装飾品を褒められてうれしかったのではない。たぶん私はこの街にいていいんだよというだれかの声を聞きたかったのだ。それをこの若い女性がいってくれたと思えたから、笑い声まで出たのだ。

帰り道では空を見上げた。真っ青な空に雲、そして旗が翻っていた。美しい空だった。思わず写真を撮った。それから数日して再び学校に行かれるようになった。

人が救われるのはなにげないひと言だったりする。ことばが出されて、相手に沁み込むような瞬間、双方にうれしさがこみ上げてくる。そんな場面があって、その感情を支えに人は生きられるのかもしれない。たとえ、見ず知らずの人とのたあいない会話からでも、そんなことが起きる。ことばに助けられた経験だった。

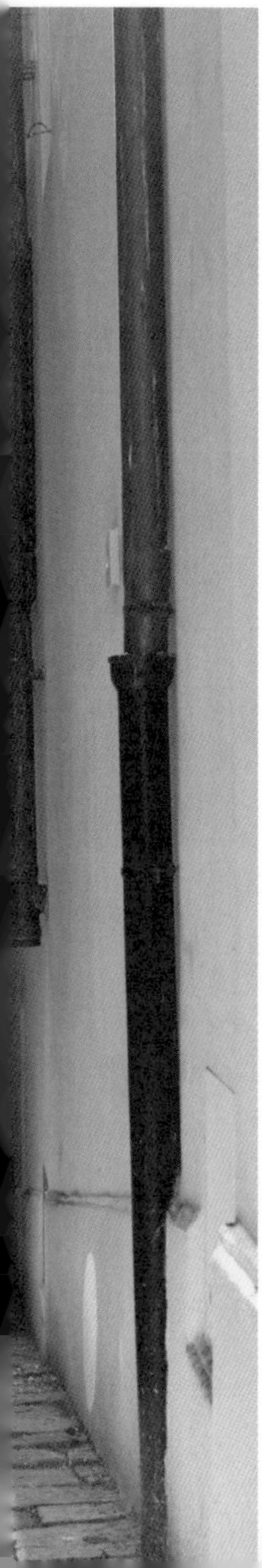

村尾　イミ子

むらお　いみこ
大分県竹田市生まれ、東京都日野市在住。既刊詩集『うさぎの食事』『海に咲く薔薇』『カノープス―宮古島にて』『春雷』『五月の林』『ブランコ』『愛』。詩誌「真白い花」「マロニエ」「にこ」同人。日本現代詩人会、日本詩人クラブ会員。

星を探して

小さな漁船で無人島に渡った
祭りで賑わった島の夜は、すとんと暮れて
廃校になった校庭の草地のうえに
山羊のように寝た
コウモリがやたらと空を飛んで
星を見るのを邪魔してくる
わたしたちは南十字星を探していた

「あ　流れ星」
空には隙間がないほど　星が煌めいて
南の島の夜空は賑やかだ
「流れ星じゃなくて　若い娘がお嫁にいったんだよ」
連れの者がそう言う
「好きな人の所に翔んでいくのだから
あんなにキラキラ輝いているのさ」
橋で渡れる小さな島にも何度か通い
ついに南十字星を見つけた

明かりのない闇夜の海辺
ふうーと息を吐くような忍び音で
珊瑚のかけらを押しあげる波
その波のずっと向こう
からす座の下の方に、ちょっと傾いで
十字の形に輝く星座を見つけた
わたしたちは（島人のように）
クイチャーの真似をして小躍りした

本州では見ることのできない南十字星を
たしかに確認してほどなく
流星のように島から旅立っていった人
どの星になったのだろう
残された星座表をめくっても
その星はどこにも見つからない

海の電話を聴く

島の懐かしい砂浜に
白い貝殻いちまい
波に洗われ　すすがれて
はぐれた　しゃこ貝の片方

固く結びついていたはずなのに
離ればなれになってしまい
なくした片方をさがして
広い海原をさまよってきた

水ぬれの一枚のしゃこ貝
きらりと光って
ここにいると知らせている
拾いあげると
貝殻の白さが
いつかの夢のようにさびしい
固く結びついていたのよね

素足の足裏を
砂浜の砂がくすぐる
いつかもそうだった
友のようなモンパの木の下で
白い貝殻を抱いて海の電話を聴く

言葉は聴きとれないけれど
島の入り江でシオマネキが
潮を噴く音がして
海の電話は繋がっているとわかる

夕映えが島の空を染めていく
二度と会えることはないけれど
確かに重なりあい向かいあっていた
一緒にいたころが
遠くの空で煌めいている

砂ガニがすばやく砂に潜りこみ
海の電話はおわる

蒼い魚

島の東に細長く突き出ている岬を
久々に訪ねている
以前に彼《か》の人と歩きながら零した言葉が花になっていて
てっぽうゆり　はまゆう　ひるさき月見草
うりずんの湿った風が花を揺さぶる
思い出を詰め込んで白くふくらんでいる灯台
魚のように草地を泳ぎながら歩む
先端の柵の辺りで　ずっと海を見ていた彼の人

碧い目をして魚の話をしている
見てごらん　あそこに蒼い魚が
陽焼けした手で指さす

崖下の海には大波が押し寄せ
白く砕けて魚の姿が見えなくなる
見えなくなった魚は
彼の人の目のなかを泳いでいる

彼の人と話す言葉は花になっていく
てっぽうゆり　はまゆう　ひるさき月見草
おおごまだら蝶がふんわりと花のうえを舞い
文《ふみ》の宛先を探している

突端の崖のあたり　あの頃と同じ光が満ちていて
彼の人がしきりに蒼い魚の話をするが
波の砕ける音ばかりで　声は細くなっていく
彼の人の影も波に消えた

崖下を覗くと岩に波がぶつかって泡立ち
泡が消えると蒼い魚が現れる
わたしは目のなかに蒼い魚を棲まわせて
東平安名崎《ひがしへんなざき》をあとにする

扇子のなかに

人は
いつもいとしい人を
ひそやかに
扇子のなかに
折りたたんでいる

扇子をひらくと
遠いところで
清《さや》かな風が生まれでる
いつか一緒に吹かれた
菜の花いろの風

小さな鶏小屋で
黄色いひよこが
押しあいへしあい
いつか首に巻いていた
ひよこいろのマフラー

きょう
墓参に行った寺に
匂っていた蠟梅の花
蠟梅いろの風を
扇子のなかに折りたたむ

Essay

Murao Imiko

島を懐う

「宮古島って何処にあるの？」夫が長年勤めていた公立病院の職を捨てて、島に行くと決めたとき､私は思わず訊いた。

「多分、そう言うだろうと思っていたよ」地図を出して示してくれたが、そこは何と南の果ての島ではないか。どこに行ってもいいけど、末娘はまだ、高校生になったばかり。一人家に置いていくわけにもいかない。それに私の仕事のこともあってとりあえず単身で行ってもらい、4年ほどして娘はまだ学生であったが一人家に残したまま島に移住した。

島にはハンセン病の療養所があり、そこはずっと医師不足で行く人がいなかった所だ。もともと夫は僻地の医療を志していたし、夫とハンセン病との関わりについては、学位論文で癩をテーマにしたことに始まり、その頃、研究のために協力してくれた患者さんたちに対する感謝の意味もこめてとのことだった。

その頃は223名の入園者がおり、手足の変形や目に障害の残っている人もおられたが、治療薬のプロミンが出来て以来、不治の病ではなく、結核と同じように治癒する病気になっていた。それでもまだらい予防法は解除されていない時だったから入園者の方たちは、療養所から出られずに、また長い間の偏見から、家族とも交流できず閉鎖的な生活を送っていた。

島の外れの海辺にある療養所には美しい砂浜がある。私は一人で貝殻を拾いに行った時、そこで釣り糸を垂れていた老夫婦に出会った。よそ者が来るのは珍しかったのか話しかけられているうちに「花が好きで療養所の庭にいろんな花を植えている」と。そして「桜の花はまだ見たことがない」と妻が言った。誰もが知っているし、見ていると思っていた、心が浮き立つような、ときめくようなあの見事な桜の花を見たことがないと。私はびっくりして、桜だけではなく見たことのないものが、そして行ったことのない所が、いっぱいあるに違いないと思った。隔離されるってこういうことなのだと実感したのだった。

どういう風に咲くのかと聞かれ、空一面に、と私は上を向いたまま、涙が零れそうで下を向けないでいた。

その後、ようやくらい予防法が廃止され、自由の身になったが、すぐには偏見はなくならず、社会復帰も難しく、自宅には戻れなくて、園で暮らす人が殆どであった。

夫はその前に定年退職して、島の老健施設に移っていた。宮古島は周りの島を含めて、人口約5万人。温暖な気候と島人の温かい人柄にふれて永住を決め込んでいたのに、夫の突然の死で私は島を引き上げて東京に戻ってくることになった。

帰京後も度々、島を訪れて入園者と、交流する機会を持つことが出来ていた。

現在、園に残っている人は、61名ということで高齢化が進んでいる。建物も建て替えられて見違えるようにきれいになり「宮古南静園ハンセン病歴史資料館」が出来て、外部との交流の場にもなっている。

私は島では若い人たちとテニスを、中年のお仲間とゴルフを、また2年間在籍させてもらった沖縄県長寿学園では高齢の方たち、そして介護保険の立ち上げを手伝った老健施設では、お年寄りの入所者たちと、あらゆる年齢層の人たちにふれあうことが出来たことは、貴重な体験であった。いつまでも美しい島であって欲しいと希っているが、近年、自衛隊の基地と弾薬庫が出来ると聞いて胸が痛い。

木村 淳子

きむら　じゅんこ
一九三六年北海道目梨郡羅臼村（現羅臼町）生まれ。人生の大部分を札幌に住む。詩集に『美しいもの』『風に聞いた話』、翻訳詩集『ロッテ・クラマー詩選集』。散文の翻訳では『アナイス・ニン　コレクションⅠ～Ⅴ』。

背中

あかつきの薄青い光をまとって
あなたは訪ねてくれた
前かがみのまるい背中。

私に背を向けて
ふたり　同じ方向を向いて
同じ方向に歩みだそうと　誘っているのか。

それだけだった
見ず　語らず　振り向かず
薄明の底が白むころ――

輝かしい日の出の初光はまだ遠く
私は　影に覆われた世界のこちら側
おぼろな記憶の世界に取り残される。

手を伸ばしても　触れられぬ　背中
永遠は　日の出の輝きより
なお遠く　しかも身近に――

今ここの風景を通りすぎながら
時間を超えた世界に歩み去った
あの背中を　追いかける。

あぶくのような小さな愛の衝動が
すべてを包み込む大きな愛と
ひとつになる世界を探して――

地球の交差点――カナダの風に

カモメがひと声　頭上を飛び過ぎる
ノヴァスコシアの八月の光のなか
街なかでは　トリコロールのアカディア人の旗が
描かれた金色の星を輝かせて　はためく
八月十五日　フランス系カナダ人のお祭りの日
新しいスコットランドに

聖母被昇天の祭りがくる

草原に十字架が一基　盛りを過ぎた夏草の中に立つ
この地を追われた　アカディア人の記憶を標して——
風が吹き寄せるのは
追い出した者の悔恨
追われた者の赦しの心
それらが綯い交ぜになって　八月
カモメがひと声　古びた十字架の上を　飛び過ぎる

岸を洗う波に寄せられて
バルカンから　中東から　アジアから
世界の北から南から　戦乱　抗争　を逃れて集う
人々が　求め続ける　愛と平和　調和と安らぎ
カモメがひと声　人間の街の上を飛び過ぎる

画材店の壁に見かけたイヌイットの作家の版画
小さな石積みの塔が立つキャンパスの一隅
ネイティブと呼ばれる人々に敬意を表して

愛憎が交錯する人間の時間　地球の交差点
人々は　いま　この時を行きかう
ここに　ホームを見つけた人々の
安堵の気持ちに染められた
土地の色合い　風の匂い

祭りの喜びの中に
人々は集い　さんざめき　祭りは続く
カモメの一声　人々の歓声に合の手が入る

苦しみも悩みも消えて　晴れ上がる　今日一日
この辺りでは　カラスの姿を　見かけない。

海と空——ゾランに

あの日　海は
空を映して　凪いでいた
ゾラン　あなたの青い瞳も
凪いでいた
ノヴァスコシア　新しい国で

私の朝食の相手は
桃色の足の鳩

ここには　砲弾の炸裂する音もなく
爆撃機の発進する音もない
聞こえるのは　鷗の声
キャンパスには若者の笑い声

その日　遥かなバルカンの空では
砲撃の音が轟き

世界遺産の美しい橋までが
爆破された

時折　空に雲がかかり
あなたの笑みに　ふっと翳が射し
海に鈍色が走るとき

ゾラン　あなたの思いは
故郷に残した母へ
遥かなヨーロッパの空へ――

あなたの瞳の色を映して
海が凪いでいた
あの日

＊　＊　＊

私たちは新しい世紀を
待ち望んだのではなかったか
希望を抱き　期待に溢れて
平和とやさしさに満ちた時代を――
戦乱と殺戮の時代のあとで

いま　私の空にも灰色の雲が
広がり始めている
大きな嵐を予感させて
冷たい風が吹く

やさしい春の雨を期待することは
夢のまた夢だろうか
春に背いて荒立つ　砂嵐の都市
すべてを包み込み　潤す春の雨を
雲間に　やさしい日差しを
期待することは――

あの日　海は
ノヴァスコシアの空を映して
凪いでいた
ゾラン　あなたの瞳も　凪いでいた
ようやく得た安穏の日の
あなたの瞳が　私の目の底に映る。

Essay

Kimura Junko

赦すということ　ロッテ・クラマーとの対話から

十年ほど前の早春、イギリスにロッテ・クラマーという詩人を訪ねたことがあった。名前を通してわかるように、彼女はドイツ系の人で、当時八十三歳、イングランド北東部の古都ピーターバラ郊外の住宅街に夫のフレディと二人で暮らしていた。

日本、それも私の住む札幌にはまだ冬が居座っていて、空港への道は雪に覆われていた。ところがあちらに着いてみると、北海道よりも緯度が高いはずのイングランドにはもう春が到来していた。ピーターバラも春真っ盛りで、訪れたクラマー家のまわりにもサクラと見まがうアーモンドの花が盛りだった。

ロッテ・クラマーは十五歳でドイツからイギリスに避難してきた難民だった。それ以来彼女はイギリスに住み、一九三九年の夏に別れた両親やその他の肉親たちとは会うことがなかった。

第二次大戦勃発直前まで、イギリス政府は他の国々よりも積極的にユダヤ人の児童難民を受け入れた。このプロジェクトをキンダートランスポートと呼ぶ。ロッテはこのプロジェクトによって救済された児童の一人だった。

避難先のイギリスで彼女は幼馴染と再会し、結婚する。子供が手を離れたころから、これまでを振り返って詩に書き始めた。詩人ロッテ・クラマーの誕生だった。ナチスによって命を落とした両親やいとこたち、親戚縁者の思い出などを書き綴った作品はニューヨーク・タイムズ紙や、イギリスのBBC放送などで紹介された。

郊外の住宅地は晴れやかだった。落ち着いたしつらえの部屋の中で、私は静かに語るロッテさんの話を聞いた。あの時出会ったイギリスのどの人よりも聞きやすい美しい英語だった。

「このような体験は、思うだけでも気が狂いそうですが……」という私の問いかけに、彼女はこう答えた。

「戦争が始まって、両親の居場所もわからなくなった時はとても落ち込んで、強い鬱になりました。また、私自身も敵国の人間だということで、いろいろな不都合を経験しました。ただ私には本当に信頼できる友人がドイツにおりました。その家族は命がけで、私たちを守ろうとしてくれたのです。友に対する信頼が私を支えました。また考えてみれば、ドイツ人たちも、ことの本質を知っていれば、あんなことに賛成や協力はしなかったのではないでしょうか。立場が代われば私だって同じことをしたかもしれないのですもの。私もドイツ人との共学の学校にいたころには、何も知らずに「ドイツ万歳」と、当時はやりの歌を歌っていましたから。」

ロッテさんの言葉にはナチスの暴虐に対する恨みつらみはなく、かえって懐かしい故郷ドイツに対する強い郷愁が感じられた。話が終わろうとするころ彼女はこう言った。

「ヨーロッパに行ったことはありますか。」

彼女にとってヨーロッパとは海で分断されていない大きな土地、ライン川がゆったりと流れる岸のあの土地なのだ。長い困難な時間の後に達したこの晴朗さは、すべてを赦した後の平安だろうか。私はこの小柄な女性の歩いた道のりの長さと、そこで得たものの大きさを思った。

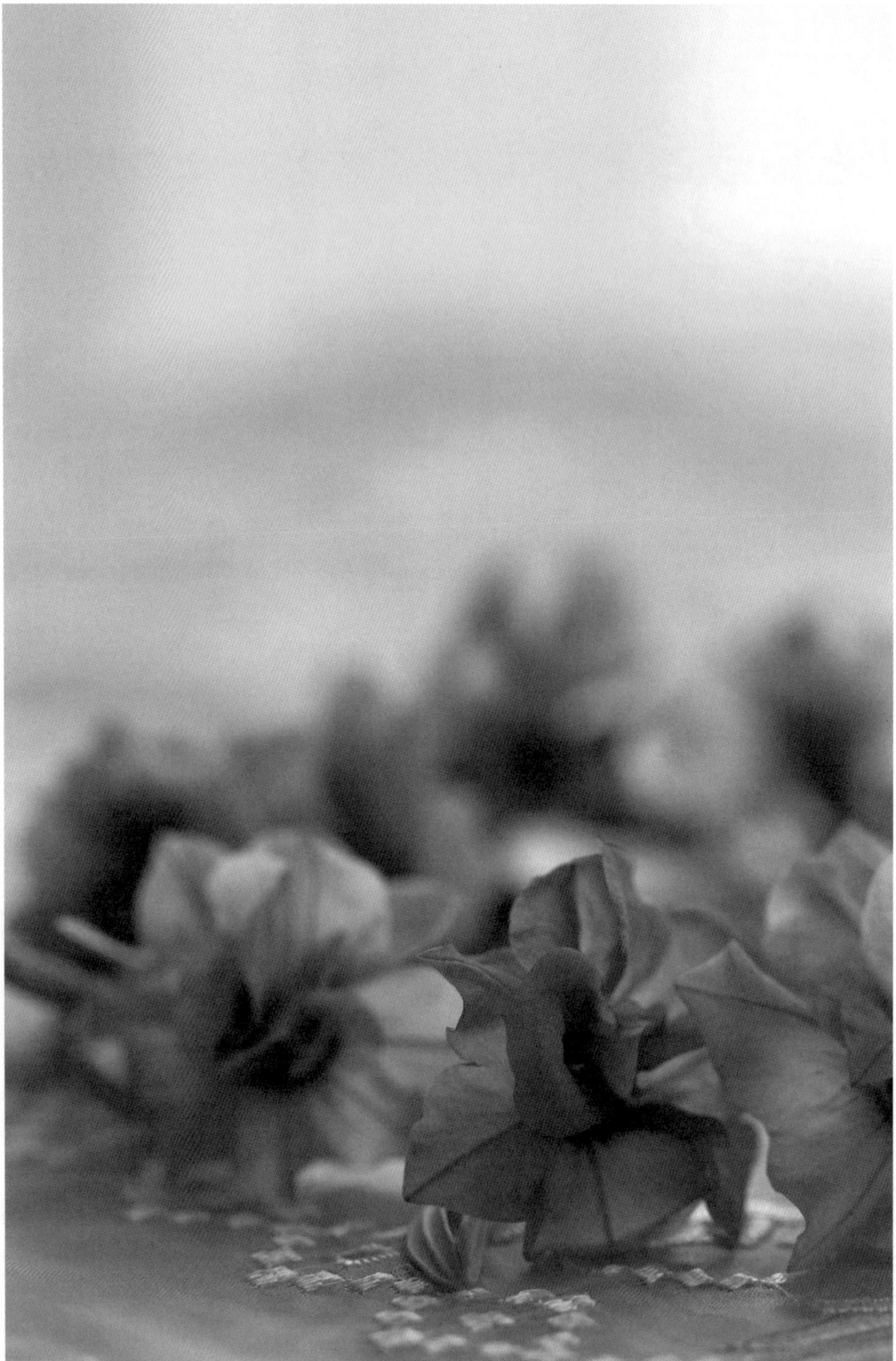

神泉 薫

しんせん　かおる
一九七一年茨城県生まれ。中村恵美名義による詩集に『火よ！』『十字路』、神泉薫名義による詩集に『あおい、母』（以上書肆山田刊）、絵本『ふわふわ　ふー』（絵／三溝美知子　福音館書店）。Projet La Voix des Poètes（詩人の聲）に参加。調布ＦＭラジオ「神泉薫のことばの扉」パーソナリティー。

方舟

芭蕉の葉で作られた　水したたる方舟
そこに船上した一組の蛙夫婦
もうすぐ世界は終わり
ふたたび世界は始まる
ノアに選ばれた
たったひとつの生物として
清々しく生まれ変わった地上で
もういちど
子孫繁栄のために身を粉にして働くのだ
古い世界の池にポツンと身を投じたその勇気を神は買ったのだ
水の音から創世される
新しい都をかき分けて進む豊かな水かき
時の奔流にも負けない猛々しい跳躍力
お前たちなら初めから
翻訳不可能な先鋭なるバベルの塔を築き上げることだろう
るるるるるるるるるるるるるるるるるるる
ぎゃわろっ　ぎゃわろっ　ぎゃわろっ
ほらもう　たくさんの未生の卵たちが

朝陽をうっすらと浴びた水たまりに群がり始めた
まばゆい世紀の暁からやってくるのは
オリーヴの葉を咥えた鳩ではなく
芳しい梅の花を携えた
オリーヴ色の　一羽のウグイス

アイリス

アイリス
その紫と黄の開花、ひみつ　を隠し持っている
簡単に見せはしないのだ
ひらく
あのしどけない仕草を

アイリス
君の茎は両手のように
虚空を目指して鋭く切り立っている
緑　ひといろの潔さ
時間をはらんで静止

ゆるやかな「時」の解放を待ちながら
しばらくは　蕾　と呼んでいればいい
アイリス
名を持つ花
その完成を　成熟を　ひそやかに迎えるまで

水を吸い上げて挑む
決して届かない　天空への発言
その紫と黄の開花
己の唇　あでやかな色を
ひらく
アイリス　イーリス　虹の女神よ

くわゐ

わたくしの味方は
　風　だろうか
　水　だろうか
世界を方向づける矢印を
この身に携えたわたくし
深緑色の　ふたつの矢は

あっちへ
　こっちへ
顔を向ければ
さかしまの勢いづいた乱気流
あるいは
一歩も進むことを許されぬ恐ろしい凪の手触り
どこへゆくかわからぬまま
わたくしはただ
矢印として
あらぬ方位をまなざしている

生け捕られた時間を肯い
あるいは時に抗い

　水平に　風を　見ている
　垂直に　水を　見ている

風と水の星
地球に萌えいずる
物言わぬ矢印
指し示すだけで永久に戻れない
わたくしは
一枚の葉
くわゐである

脳髄は林檎の重さ

万有引力を発見したニュートン
大地に転がる林檎
と
同質の
真っ赤な鶏頭は
この地球に色づくイノチの花

淋しい人間の頭部は
永遠を志向するとき　最も軽くなり
永遠へと変貌するとき　最も重くなる

ひとはみな
地球の中心にひかれ
生命の樹に宿る
不死の実にひかれ

茄子は紫の瓢簞！
ポエジイのロジックめぐる典雅な脳髄は
地をさすらい
地にひれ伏し
漂泊につぐ漂泊のすえ
カルモヂインへ行ったまま帰らない

林檎の味を知った人類の重さよ

この上なくまぶしい永劫の夏
時は戻らず
旅人
かへらず

※以上の詩篇は、いけばな作家中川幸夫氏へのオマージュとして書かれた。引用・参照は、「方舟」―『花人　中川幸夫の写真・ガラス・書―いのちのかたち』（求龍堂）、松尾芭蕉の俳句「古池や蛙飛びこむ水の音」、草野心平著『草野心平詩集』（岩波文庫）。「アイリス」―『中川幸夫作品集』（私家版）。「くわゐ」―『中川幸夫の花』（求龍堂）。「脳髄は林檎の重さ」―『花人　中川幸夫の写真・ガラス・書―いのちのかたち』（求龍堂）、西脇順三郎著『西脇順三郎詩集』（岩波文庫）「旅人かへらず」、『西脇順三郎　詩と詩論　Ⅲ』（筑摩書房）。

Essay

Shinsen Kaoru

いけばな作家 中川幸夫 生誕100年

いけばな作家、中川幸夫の「花」あるいは「華」。その佇まいは、たゆみない垂直への夢をはらんで、命の存在、その強さと儚さを、つねに証し立てる。今年、二〇一八年は、中川幸夫生誕百年にあたり、改めて、氏の培った芸術精神へ、新しい光があたる契機となるだろう。

私が、中川幸夫の名を知ったのは、いつだったのか。九〇年代、詩を書き始めて数年が過ぎたころだろうか。NHKで放送されたドキュメンタリー番組がつよく印象に残っている。中でも、二〇〇二年の作品「天空散華」は、忘れられない。百万枚の色とりどりのチューリップの花びらが、雪と化して降る中を、舞踏家、大野一雄が、白い衣装を纏って、妖しく舞う。地上にありながら、すでに天上の世界がそこに拓かれていた。そして、大野の後ろで、風に揺れながら、小さく佇む中川のつつましい野の花のような姿が、ふかく脳裏に刻まれていた。

そして、再び、中川幸夫の作品に心魅かれたのは、二〇一四年六月、恵比寿の東京都写真美術館で上映された、ドキュメンタリー映画、谷光章監督の「華 いのち 中川幸夫」を観たことがきっかけだった。映像の中で新たに出会う中川の作品は、瞬間に切り取られた華の「いのち」の叫びに満ち満ちていた。いけばなの世界に確固としてある、流派という型を脱し、己の華を追求した中川のいけばなは、有限の世に在る、生きとし生けるものたちの、「永遠」へのあえかな希求を、力強く、いけ捕る。花は生まれ、枯れ、やがて大地へと帰還する。その瞬間の、美と生のリアリティを、中川の目と指は、祈りのごとく、すくい取るのだ。

ときに、少年のごとく柔らかくほほえむ中川の内奥に、どんな哀しみがあるのか。九百本のカーネーションをガラスの花器に入れ、花の血をにじませた大作、「花坊主」や、深紅のチューリップの花びらを積み上げた「魔の山」、花の色や概念すら打ち壊す「死の島」などの作品に見られる、破壊的なエロティシズムは、人間存在の魂の奥深くに眠る、移ろいへの痛みに通じているように思える。

森羅万象の営みは、すべては流れ、移ろい、消え、再び生まれる、循環の宿命に彩られる。その流れと、時に闘い、あるいは、流されつつ創造するものが、芸術作品と呼ばれるものであるだろう。

ドキュメンタリー映画を観て、しばらく過ぎたある日、中川幸夫の作品を見つめていると、ふいに未知なる「ことば」が舞い降りて来た。新しい詩の世界の通路が、突如拓かれた瞬間だった。夥しい作品を見つめ、たどり、たくさんの「華」、「花」、モチーフたちの「聲」を聞き、次々とほとばしり出る、ことばたちを、ただ無心に、白いページへと刻み続けた。

いつしか、ひとつの小宇宙となる「華の聲」シリーズの詩篇たちが、机の上に花開いていた。日々の水を注いで、ことばの花びらをくべながら、今再び、中川幸夫を想う。花狂い、ならぬことば狂いの己の魂が、華のごとく凛と咲き誇る瞬間を、夢見ながら。

壁 淑子

かべ　よしこ
一九三五年東京生まれ、藤沢市辻堂在住。詩集『ふりるのどれすでこんにちは』『黒い太陽』『砂の降る町で』、詩誌「日本未来派」同人。横浜詩人会、日本現代詩人会会員。はからずも私の「いま」が出ています。

町はよみがえる

目覚めると
脳外科病棟のベッドの上に
左半身麻痺のわたしは横たわる
意識は異郷をさまよい
瞼の内側に揺れる
住み馴れた町に
微笑みかけるのだが
振り向きもしない

病床から解き放たれて
戻ったわが町は
見知らぬ手に線引きされて
変貌していた
行き交う人は見知らぬ貌ばかり
失われた記憶を求めて
わたしは飢えた魔女のように
道から道へと
杖を振って歩きまわるのだ

空の区画整理は不可能なので
変わらずに
横須賀港←→厚木基地へと
戦闘機が飛んでいる
ふりかかる轟音は
左手で耳を閉ざしても
かき消えない

耳を澄ましてごらん
〈海浜公園通り〉と称する
舗道のはるかな地底で
砂の呟く声が聞こえるではないか

海へ　鳥のように

脳こうそくの後遺症で
左の足が
地面にぴたりと着地できないので

書肆侃侃房
Shoshikankanbou

水脈を聴く男

ザフラーン・アルカースィミー　　山本薫、マイサラ・アフィーフィー

本体2,000円＋税　978-4-86385-674-5

アラビア語圏最高の文学賞
アラブ小説国際賞受賞作！

井戸で発見された溺死体のお腹から取り出された胎
彼には大地の「水脈を聴く」能力が宿っていた——。

アラビア半島に位置し、雨のほとんど降らない小国オマーン。地
路（ファラジュ）による独自の灌漑システムは、峻険な岩山や荒涼
た砂漠の地を潤してきた。『バグダードのフランケンシュタイン』な
過去に受賞したアラビア語圏最高の文学賞に輝いた、水をめぐ
作長編。

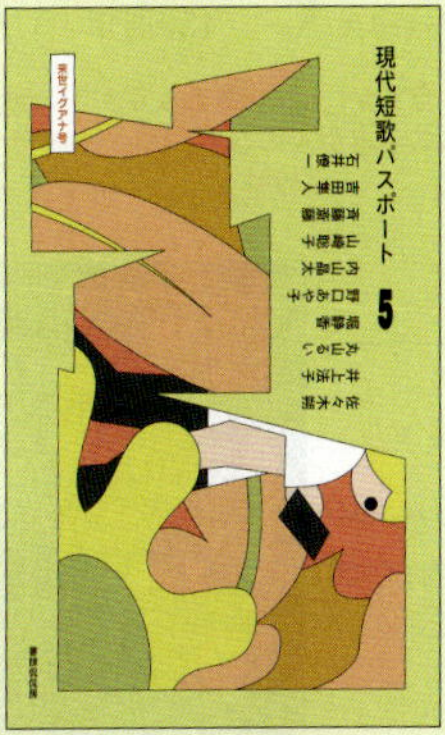

現代短歌パスポート5 来世イグアナ号

本体1,000円＋税　978-4-86385-670-7

大好評の書き下ろし新作短歌アンソロジー歌集、最新

斉藤斎藤　山崎聡子　堀静香　吉田隼
井上法子　佐々木朔　石井僚一　丸山る
野口あや子　内山晶太

佐々木朔「新市街」　井上法子「碧瑠璃」　丸山るい「遠景」
堀静香「ひらひらと四股」　野口あや子「サブスク」
内山晶太「逃げてゆく馬たちの」　山崎聡子「越冬隊」
斉藤斎藤P「呼吸のように」　吉田隼人「nunc aeternum」
石井僚一「ありがとアーメン、さよならグッバイ」

大江満雄セレクション　木村哲也編

本体2,000円＋税　978-4-86385-662-2

ぼくらを感激さすものは　ぼくら自身がつくらねばならぬ(「雪の中で」より)

ハンセン病療養所の入所者による合同詩集『いのちの芽』を編んだ詩人大江満雄の代表的な仕事を精選した作品集。

プロレタリア詩運動の中心で活躍した後、戦争詩の時代を経て、戦後の激動期を生き抜いた大江満雄。常に混交のなかに身を置き、社会の片隅で生きる人たちへのあたたかいまなざしにあふれた作品群を残した。単行本初収録作品を含む詩63篇と散文8篇を収録する。

と風と星と詩

東柱日韓対訳選詩集　尹東柱　伊吹郷訳

2,000円＋税　978-4-86385-661-5

仰ぎ、星をかぞえ、時代の朝を待った尹東柱(1917－1945)
の詩を読みながら、ゆかりの地をたどり、彼の歩いた地と彼の心を
てほしい。

の19篇を中心にした日韓対訳選詩集　韓国で最も愛される澄明な詩群
の生涯を詩と写真でたどる旅　両開きで日本語と韓国語の詩をそれぞれ収載

メイ・モリス

父ウィリアム・モリスを支え、ヴィクトリア朝を生きた女性芸術家　大澤麻衣

本体2,300円＋税　978-4-86385-664-6

“私は普通の女ではありません。昔からそうでした。
誰もそう思ってはいなさそうですが”――メイ・モリス

モリス商会創設150周年

刺繍は高度な技術とセンスを必要とする芸術ですが、それに携わってきた女性たちは芸術家として扱われてきませんでした。この本はそんな刺繍に人生を捧げた女性アーティストの姿を浮き彫りにします。　――北村紗衣

組織の脚本家　林庭毅　明田川聡士訳

2,100円＋税　978-4-86385-663-9

の台本を書き換えられるとしたら、誰の人生を“サンプル”にしますか？

・西門町にある浮木《フームー》という居酒屋には、闇の組織「ワラビ」のメンバーが
している。屋根裏の小部屋「ワラビの部屋」に「新しい人生の台本」を抱
れれば、人生を変えることができる。ただし、それには条件があった……。

台湾発のSFファンタジー　≪ドラマ化企画進行中！≫

ザ・ブック・オブ・ザ・リバー　川合大祐

本体2,200円＋税　978-4-86385-671-4

フーダニットの針が挿さってゆく水風船

**現代川柳の到達点とも言える、異次元の2025句を収録する川合大祐第
川柳句集。『スロー・リバー』『リバー・ワールド』と続いてきた前人未到の現代
柳プロジェクト「リバー」シリーズ、ついに完結！**

ずっとのろしをみていた鼻行類の図鑑
奥村という説得を思いつく
未確認飛行物体（F・カフカ）
砂漠から巨大舞妓が立ちあがる
9の字を校庭に描く時の暮れ
バカミスに犬小舎をでる犬　朝だ

LPの森／道化師からの伝言
石田柊馬作品集　小池正博編

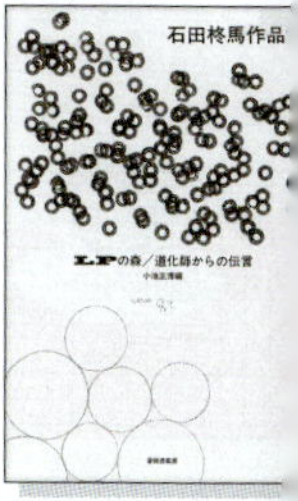

本体2,000円＋税　978-4-86385-646-2

瀬戸夏子さん推薦！
「どうしようもなくかっこいいのに、そんなことを言ったら嫌われてしまいそうだ。含羞のダンディズムに導かれてわたしたちは現代川柳の真髄を知ることになる」

川柳性を徹底的に突き詰め、「妖精は酢豚に似ている絶対似ている」などの作品でも知られる現代川柳の先駆者・石田柊馬（1941〜2023）。没後2年目に出版となる、晩年の作品と「道化師からの伝言」「世紀末の水餃子」ほか代表的な評論を収載した作品集。

往信　佐々木朔

本体2,000円＋税　978-4-86385-666-0

朗読をかさねやがては天国の話し言葉に到るのだろう

ぼくの街、森、湖辺《うみべ》から　きみの駅、埠頭、観覧車へと　連絡
渡っていく切手たち。そして鳩。――飛浩隆

はるのゆめはきみのさめないゆめだからかなうまでぼくもとなりでねむる
いちめんに銀杏つぶれラブコメの最後はかならずラブが勝つこと
関係を名づければもうぼくたちの手からこぼれてゆく鳳仙花

ユニヴェール23　この窓じゃない　佐倉麻里子

本体2,100円＋税　978-4-86385-668-4

ここじゃない場所でこれじゃないくらしをしたい　早めにめくるカレンダー

ネガティブを反転させるユーモア。佐倉さんの歌が、幅広い読者に受け入れられることを強く予感している。――伊波真人

写真付きの身分証ひとつも無くて私は私で合っていますか
「ゆううつ」とフリック入力する指が軽快すぎるから見においで
仮装大賞のランプに例えつつ急な体調不良の話

歩行するとき
からだの重心が揺らいで
視線が宙空を遊泳する
わたしは錘《おもり》を引き摺る鳥だ

正面に〈県立海浜公園〉の看板がある
園内には
幾歳月かを逍遥した
わたしの足跡が刻まれている
記憶の道を辿る目前に
〈海岸へ〉の道標が立ち
見知らぬ築山の上方に
砂の階梯が伸びている
防砂林を削って
二車道を造ったのだ

午後五時を告げる鐘が鳴っている
変貌したわが風土を背後に
家路に着くことにしよう

津軽の化粧地蔵

夫の古いアルバムをめくると
板塀に囲まれた地蔵堂があり
白く塗りこめた顔に紅を差し
彩り豊かな衣裳を纏《まと》った
地蔵尊が幾体か在られる
慈しみ合う仮象の世界に
いつしか惹きこまれそうな自分がいる

〈地蔵トハ閻魔ノ使イニテ鬼ノ化身ナリ
　世ニ出テ不幸ナ子供ヲ護ル菩薩ナリ〉

津軽生れの八十五歳になる絵描きがいる
湘南の海沿いの町のアトリエで
幼児虐待のニュースを聞くたびに
怒り、嘆き、ののしりつつ
数えきれない化粧地蔵を描いている
なぜかみんな明かるい笑顔をふりまいて

化粧地蔵の祈り

漆黒の闇が裂けると
オレンジ色の朝焼けのなかから
真っ赤な太陽が現れる
津軽の朝が目覚める時刻《とき》
村外れに立ち並び
口を大きく開けている
　ふるさとの大地が危い
ふるさとの海が危い

子どもたちの未来が危い
どこからか読経のように
村から村へとこだまする

賑やかな画室

夫が他界して三年余を経る
画室のイーゼルには
未完の大作が架かったままだ
描きかけのキャンバスも倚りかかり
夜ともなると室内は
タブローから脱け出した
地蔵、閻魔大王、風神雷神、菩薩、
魑魅魍魎の酒盛りとなる
真ん中の赤い座布団に坐る主はいない
天井から吊り下がる操り人形二体
休みなく睥睨《へいげい》している

続　砂の降る町で

砂の降ってくる
太陽が黄色い暈をかぶる日には
町に砂嵐捲きおこり
家の屋根や戸を叩き
悲鳴の途絶えるときがない
砂魔だ　砂魔が舞踏を舞っているのだ

いまは砂の降ることのない
海辺の町に住んで八十三歳の齢《よわい》を生きる女
三年前画筆を擱いた享年八十九歳の夫の
作品は美術館で生きている

崩れる砂をかき分けてよじ上ると
砂丘の上からはるか遠くに海が光り
〈浜見山〉のバス停の名がいまも残る

砂降る町で理髪を生業《なりわい》としてきた男が
きのう息を引き取る
砂山を削った跡地に出来た斎場で
儀式が営まれる予定だ

砂降る町の駅の向う側
日が暮れると色のついた煙を吐き出した
製鋼工場が退去した広大な地に
出現したショッピングモールの入口は
電車を降りる人の群れを皆呑みこんでしまう

Essay

Kabe Yoshiko

明日に向かって

終戦後やっと父が復員してきたので疎開先の信州上伊那郡中沢村から引き揚げ現在の大和市外れの農家の蚕室に落ちついた。近くに厚木飛行場が延びているので耳を聾する爆音が絶えない。

大家の農家のご主人が座敷に世界文学全集のキャビネットを備えていたので、許可を得て手当り次第読むことにした。筆下ろしのようである。代りに多忙な農家の赤ん坊を背負い小田急沿線の畑沿いの道を読みながら歩いたものである。外国小説はしっくりせず面白くはなかったが、本を手垢で汚したものである。幾度か濡れた背中のオシッコは夕暮には乾いている。

坊やを引きとる時、おかみさんがどんぶりに御飯や茹でたうどんを山程詰めてこっそり手渡してくれるのを母に渡して私の役目は終るのである。

みな飢えている時代であった。

幾度かの引越の末、藤沢市の北部に古屋を買い定着した。

高校は小田急沿線の女子高で、そこの図書館でいろんな本に遭遇し、日本の現代小説や評論を図書館が閉じる迄読み耽った。短詩型文学は好まなかった。

私の文学の目覚めである。

二、三十代を三人の子と家計のやりくりで過し、この期間私は得体の知れない鬱屈感にとりつかれた。

四十歳頃私の喉から突然吐き出される言葉を記してみると、笑いたいくらいの奇妙奇天烈なイメージと言葉は詩だと思った。

たまたま片瀬山の作家、佐江衆一氏宅を訪れた時、現代の詩人の詩集はどうやって入手するのか訊ねたら、思潮社だよ、と憫笑された（と私は思う）。

横浜馬車道の「ペルコ」という画廊喫茶店で横浜の詩人と画家の詩画展があった時、こともあろうに夫は美学の詩人川口敏男氏に私の詩集を広げて見せたという。優しい詩人は〈遊びがないね〉と言ってくださった。先生の御紹介により横浜の女流詩誌、「青い階段」の同人となり、詩人としての闘いが始まるのである。

拙著『砂の降る町で』は私としては越え難い山である。崩す方向で書いてきたが大きな壁となった。今回まとめる機会を得て次の課題が見えてきた。

五十九歳の時受けた脳下垂体の腫瘍の手術が因《もと》で脳こうそくも含め、指定難病の下垂体前葉機能低下症に悩まされている。遅まきながら自分の現代をみつめていきたい。

something blue

鈴木 ユリイカ

むくげの手紙

夏のはじまり
ひざしに向かってひらいた
まっしろな
むくげの手紙

一通　二通　三通

もう一度
つぼみのかたちに巻き直されて
道のうえにおちている

ひろいあげて
のぞきこんでみたとしても
したためてあるのは
太陽のまなざしにしか
たどることのできない
文字

蟻や

村野 美優
Murano Miyu

3

ダンゴムシが
句読点のように
そっとひそんでいて

四十七　四十八　四十九

夏のさかり
一日五十通にものぼる
おびただしい
むくげの手紙

こんなふうに
だれかに手紙を
一途に送りつづけた
あのころ

わたしも
夏の木だったのかもしれない

親っちゅうもんな（鹿児島の方言で）

竹内 美智代
Takeuchi Michiyo

みんが　聞こえんでん　よか
くっが　きけんでん　よか
目が　見えんでん　よか
なーんの　反応のなか　つらでん　よか

寝たきいで
ないもかいも　分からんでん　よか
どげんもこげんも　ならんでん
いきょして　おってくるっだけで　よか

あんなあ
親っちゅうもんな　そげんもんじゃっど
いっついでん
おって　くるっだけで　よかっお

おまんさあも　いくら年取ったちゅたっち
親からみりゃ
子どんな子どん　じゃっでなあ
あたいも

5

親が　け死んで　はっひめて　わかったつぉ
いきょして　おってくるっだけで　よかっち

微生物と歌う

ビタミンCをかなり飲んでいるせいか
おなかがよく鳴る

ひとの免疫の七〇%は腸内細菌と腸粘膜が作っているそうだ
脳内伝達物質であるセロトニンやドーパミンも
腸内細菌がかかわって作っていることがわかった
腸内細菌と仲よくすればガンやアトピーのみならず
うつや自閉症や認知症にもなりにくいらしい

腸のなかには一〇〇〇兆個の細菌がいるという
いろんな種類の菌がごった返しているわけだ
〈カリフォルニアからニューヨークまで*〉ならぬ
〈頭のてっぺんから足の先まで〉
君たち微生物の国だってことか

介護ホームに入居している母から電話がかかってきた日
ラジオで聞いたアメリカの大統領選挙の結果を
どう聞き間違えたのか
初の女性のアメリカ大統領誕生と言って譲らない

竹野 京子
Takeno Kyouko

やっぱりノーベル賞をもらうことになったボブ・ディランの
「ブルーにこんがらがって」がわたしの頭のなかで鳴り続けた
おなかの細菌たちは
「風に吹かれて」の合唱で応援してくれたけど

こうなったら皮膚の常在菌たちにも
「ドント・シンク・トゥワイス、イッツ・オールライト」で
くよくよするなと励ましてもらい
母の勘違いや不安感が減少するようにと
わたしとわたしに棲み着いている微生物全員で
「フォーエヴァー・ヤング」を歌って
いっしょに元気で生きていかなくては

＊ウディ・ガスリー（一九一二〜一九六七）が作った歌「この国は君の国」から引用。
ボブ・ディランが敬愛するフォーク歌手・作詞・作曲家。

選挙運動

少女のころは
世界は波乱万丈を　通りすぎて
少しは気楽な社会に
なりつつあった　と思う
体調をくずしても　大学進学を
諦めてはいなかった
そのころ　文学でなじみのある
母の友人　神近市子がいた
就職して　社会の荒波に
わたしを投げ出すのも　可哀想かと
市子おばさんの　付き人に
少女のわたしが選ばれた
社会党から政界に出る　寸前の活動に
わたしは市子おばさんの
あと先にくっついて　まわった
昼食はにぎりめし　ビンにつめたお茶
おばさんの好物のウニ
しっかりと胸にかかえてつきそった
選挙運動とはきついものだ

椿原 頌子
Tsubakihara Yoko

9

大声はマイクに反響して
耳元で爆発する
アルバイトの学生群にとけこむ
それさえ至難のわざ　やぶにらみの学生たち
がんばろう　負けるもんか
市子おばさんのためにも

衆議院議員となった
市子おばさん　当選だ
対話は活力にみちていた
鏡台の前で化粧をしながら
あんたの母さん
しゃんだねえ　作品もいいよ
母を褒めてくれる
おばさんは凄い女なんでしょ
とわたしは言った
選挙運動には勝ったけれど
ぐったりと疲労がたまり
わたしは　入院した

神近市子おばさんが
二、三のアルバイト学生をつれて
見舞に来た
選挙運動って　大変なんだよ
あんたみたいのお嬢さんが
来るところじゃ　なかったかね
市子おばさんは　白い歯をみせて
笑った　やさしい　きびしい
横顔だった

あれから　わたしはおとなになった
神近市子先生は　議会では
偉い人だった――
母も市子おばさんも　この世には　いない
〔神近市子自伝　わが愛わが闘い〕
大石千代子様へ
本棚の奥から　とり出している

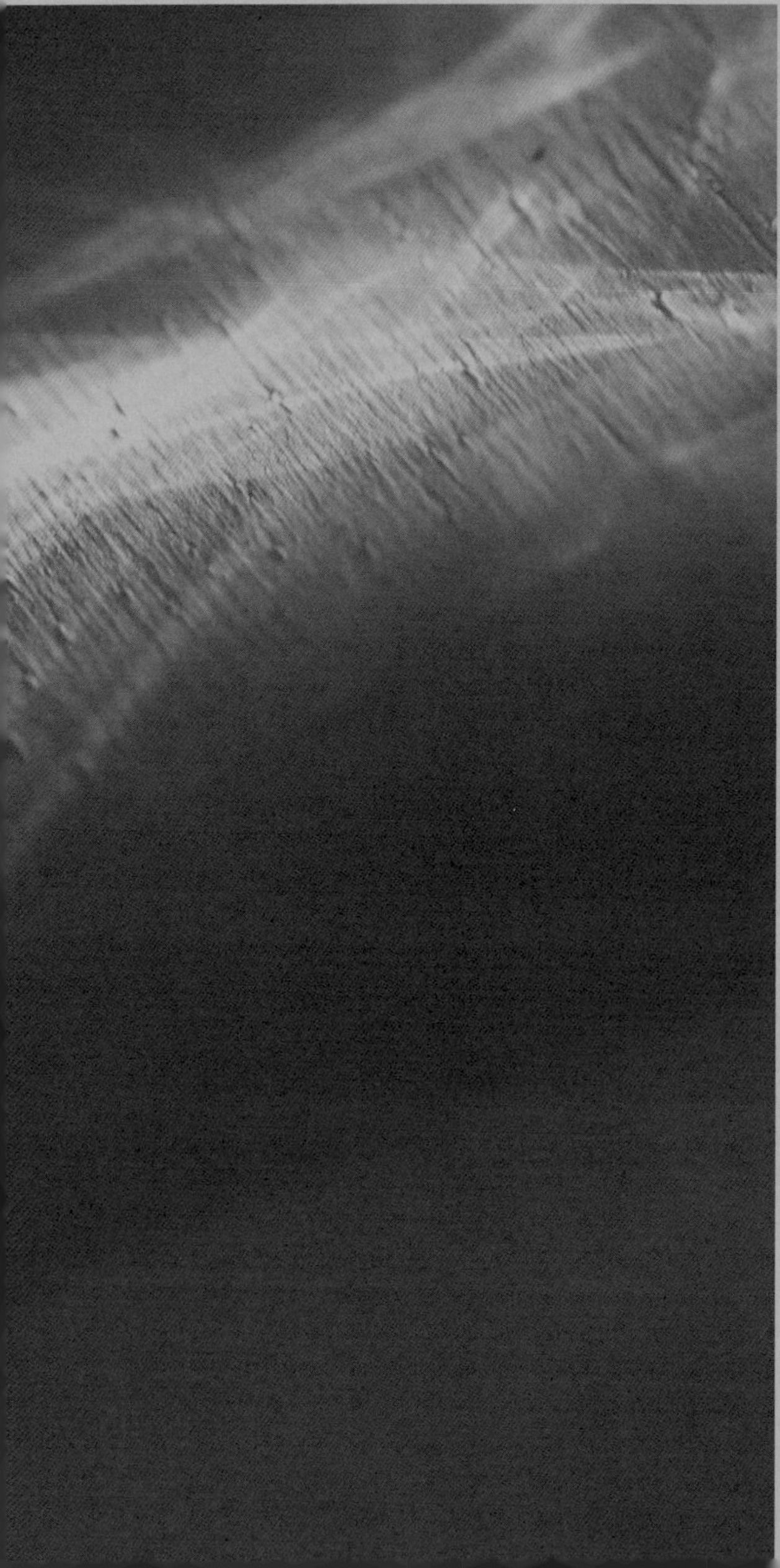

村野 美優 Murano Miyu

「むくげの手紙」

詩と幸せ

詩には、その詩を読む人を幸せにする力があるようだ。私はこの詩を読んでいくうちに私のなかに優しい気持ちが生まれることに気づいた。

むくげの花がそうした感じを起こさせるのか、また呼吸のように柔らかなこの詩の律動がそうさせるのか分からない。

ただ、この詩を読んでいるとおのずと幸せになってくる。

もう一つ、この詩の中でいちばん深いところで、私に響いてくるのは〈手紙〉かも知れない。

人は生涯の中で、無数の手紙を書くに違いない。

これはたった一人の人間に向かっている場合もあるだろうし、世界中の人間に向かって書くこともあるだろう。

恐らく、自分自身に向かって書くこともあるだろう。

つまり、この詩の奥にはそうした〈手紙〉があり、それが私を幸せにしてくれるのだろう。私たちだけではなく、自然もまた〈手紙〉を書く。

ひろいあげて
のぞきこんでみたとしても
したためてあるのは
太陽のまなざしにしか
たどることのできない
文字」

そして〈手紙〉は私たちを〈夏の木〉とし、自然の一頁とする。

竹内　美智代　Takeuchi Michiyo　「親っちゅうもんな」

方言

方言というのは、多分詩にとって原石のようなものである。

どんなに洗練された標準語であろうと詩に原石の息使いが感じられなければ面白くない。

私は知らず知らずのうちに面白い詩とか良い詩を考えるとき、そのことを感じている。

さて、この詩は方言で書かれていて、しかも親について書かれているせいか、何とも言えないあたたかみや満足感が感じられる。

実は私にはこの詩に描かれている事柄やイメージを感じられるわけではありません。けれども人々が居て、お互いに言葉を交わし合いながら、それによって生きているということが深く感じとれます。それは不思議なことです。でも、詩には同じような力が備わっている、それを求めて私たちは詩を書いたり、詩を読んだりするのではないでしょうか?

「ふるさとの訛りなつかし停車場の人ごみの中にそを聴きにゆく」

私は急に石川啄木のこの歌を思いだしました。

標準語版

耳が聞こえなくとも　口がきけなくても　目がみえなくても　なんの反応もない顔でも良い　寝たきりで
何も彼も分からなくても　どうしようもなくても
息をして居てくれるだけで良い　あのねぇ　親というものは　そんなものでしょう　何時までも　生きていてくれるだけで良いのよ　あなた様も　どんなに年を取ったといっても　親からみれば　子供は子供ですからねぇ　私も　親が死んで初めて分かったんです　息をして居てくれるだけで　良いんだと

竹野 京子 Takeno Kyouko 「微生物と歌う」

体内微生物は私の隣人

「微生物と歌う」、何と愉快なタイトルなのだろう。この詩がどうしても読みたくなった。

先ず初めの二行。

ビタミンCをかなり飲んでいるせいか
おなかがよく鳴る

これは本当かな？

いや、もしかしたらこんなこともあるに違いない。

それにしても、妙なことに詳しい人にいるものだ。

こういう人だからこそ、「微生物を歌う」こともできるのだろう。次の連からは、この人と微生物の関わり合いが書かれている。それはまるで人と人との関わり合いが書かれているようで面白い。この人は日頃からよほど微生物に興味をもっていたのだろう。

そういう私も最近テレビなどで病気のアトピーと微生物が深く関係していることに驚いていた。

こうしたなかで、この詩に出合ったから、ことさら興味を持った。そしてもしかしたら微生物に興味を持っている人は私だけではないかも知れない。

私のなかの微生物は大自然や宇宙に結びついているのかも知れない。この詩のなかで、特に興味深いというより共感するのは最後の一連である。

いっしょに元気で生きていかなくては

椿原　頌子　Tsubakihara Yoko　「選挙運動」

事実の強み

「選挙運動」というのは詩の内容としては殆どまれなものである。この詩はとてもストレートで想像力と観念の入る余地は全くない。

つまり、普通の詩が持っている美しさとか、楽しみはこの詩には殆ど感じられない。

それにもかかわらず、私にはこの詩が何となく忘れ難い。

それは一人の女の子の生き生きとした姿があたかも自分のことのように直接伝わってくるからだ。

比喩でもなく、イメージでもない、まるで一つの事件のような詩があってもいいのではないかと、最近思う。

それは広告や政治の世界があまりにいい加減な言葉に満ちているので、そう感じるのかも知れない。

だからといってこの詩が決して個人的なものだとは思わない。

私はこの詩を読みながら「ALWAYS 三丁目の夕日」という映画を思い出した。この映画には、昭和時代の街やそこに生きる人々の喜びや悲しみが一つ一つの事実として、丁寧に描かれていた。

「事実」というのは、時には何ものにも代え難く心をやすめてくれるものである。

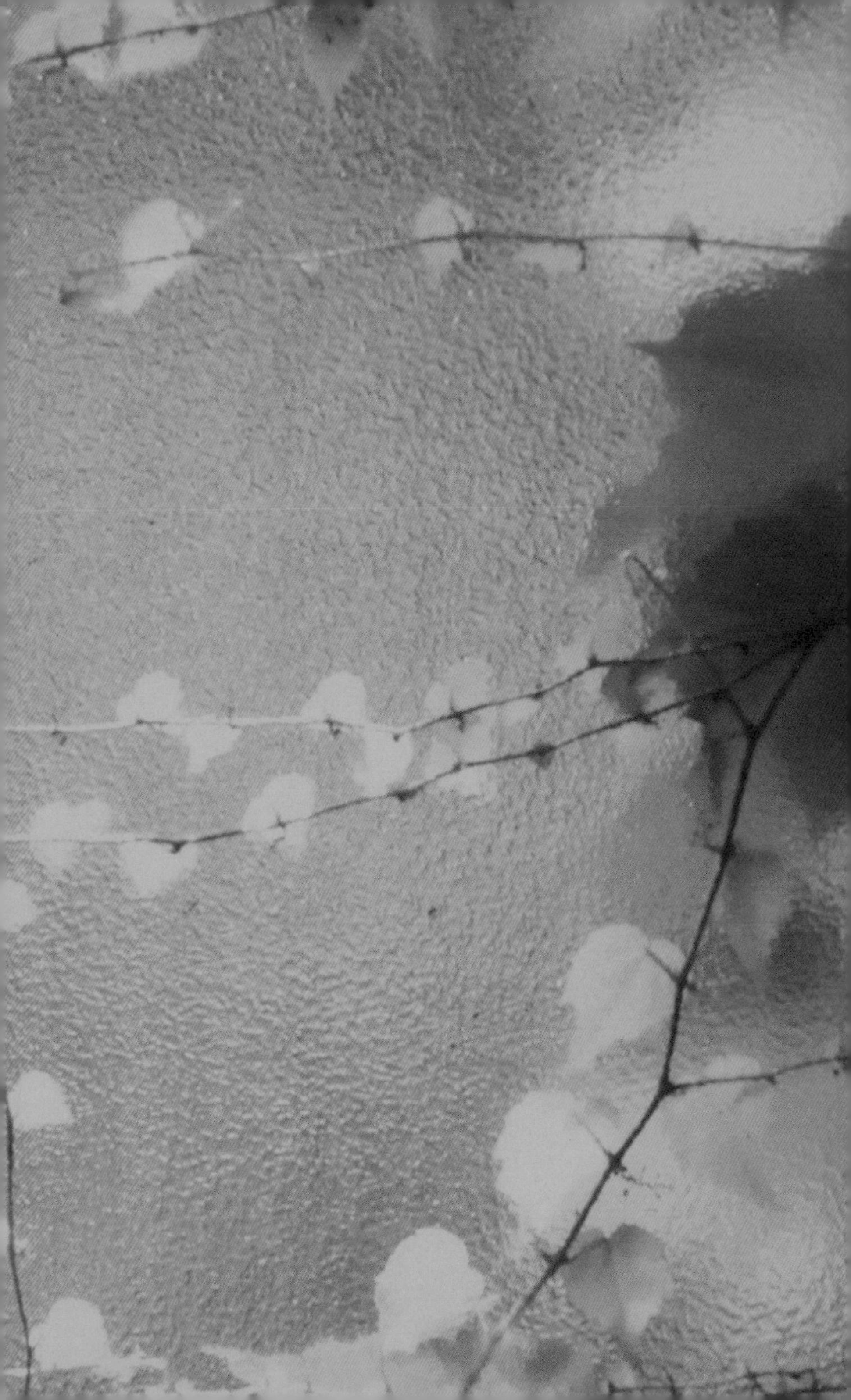

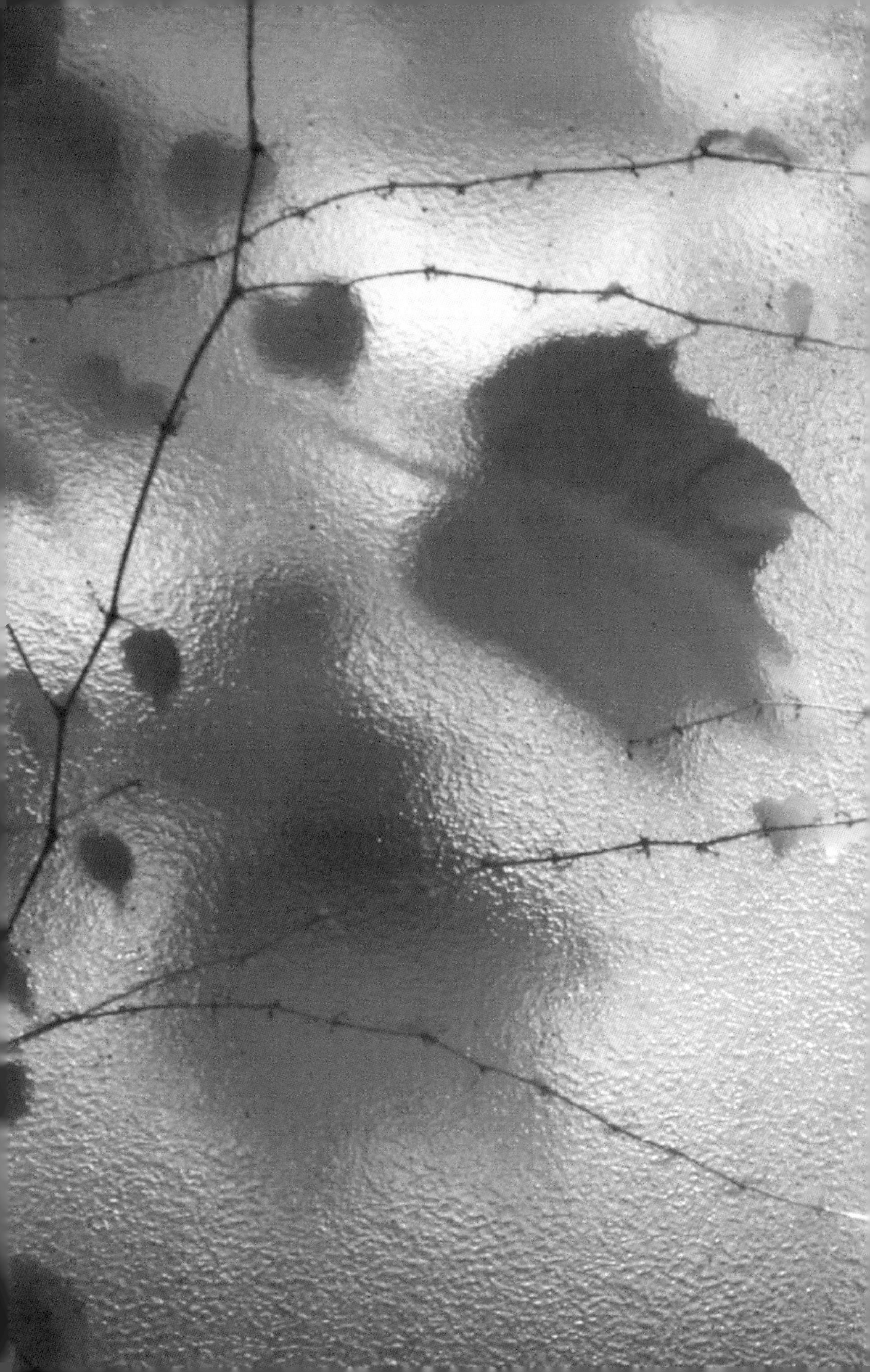

佐藤 洋子

さとう ようこ
一九五一年仙台市生まれ。詩集『（海）子、ニライカナイのうたを織った』（第二十五回山之口貘賞）、『呼ぶことという鳥がいて』矢立出版、『海の落し子たち』砂子屋書房。詩誌「a's」発行。詩は後でみると、なんでこんなことをとおもうことがある。そんな零れた詩たちを集めてみました。

石綱

ひとつ、
テに積んで
もひとつ、
その手が積みあげたのだろう、たぶん
そんなふうな石段の
手の仕種が匂った城の、そこ
熱い焔の明るさで
陽は裏戸口を指したので
ああここはと
皇女百十踏揚の物語に息を留め
密かに紛れ込んだ地下
濡れる瞳にひかる泉があり
生まれたままにぬめる網目蜻蛉がうずくまる
世界のうごめきなどには気づかずに
蟻地獄から這い出して来て
翅をつくろう蜻蛉は
城に伝わる皇女の仮象だったか
どれもこれも熱いのがいいのでしょう、と
眠りの夜よりも濃い闇を抜けて
網にした眼は
火を焚く男たちを映すが
翅は洗えても、喉に
鳴くコエをもてていない

鳴けない傍
城のあちこち覇王樹の気根が伸び
女たち、わたしの
髪の宙の揺れに触れてくる

地下石廊のまわり
わたしも
テ、
にひとつ

あれかな?でも

環の真ん中で丸まっている
眼をつむる暗闇で身体に固く固く力をこめて喉に並べていく
いち・に・さーん・し、
もちょっとのごぉ・ろく・しち・はち・きゅう
数のそれぞれを吐き出していく
あとひとつ、で
誰かが許しの合図を言うぎりぎり
いつもいつも聴き逃さないようにと耳をたて待っている
それは眼をつむるあそびなので
十を言ってしまえば名指せるはずが
雨、がぽつり（。）
句点のようにくる
ひとりに見えてわたしに見えない雨がそんなところにある
瞑った眼の、睫毛に留まる冷気のひと粒が気になり
ガサ藪を踏んで走り去る足音をうすくする
止めたのか消えているのか、遊びは曖昧のまま

そこらで今も
眼隠し遊びをしている幼い子ら
真ん中にいる
あの子
違和を飲み込んだままに大人になって
いつか
老いた人の耳の底に小さな虫が棲みついて
藪のなかを駆け出していく足の、虫の音がじりり
鳴くので
悲しいこともないけれど
夕暮れの誰もいない公園に出て
そこらの木切れを手に
あの日の円を描きたくなる
つゆ草の根本を抜けてくる風に
無垢に眠ったままの十が遠くを起きてくるのか
眼が開けられる数の、じゅうを呟いてみる

見つけ損ねたもののように
わたしの翳が夕暮れに重なっていく

それは

（あの子、わたし？）

でも

２０１５年６月

女はパート労働で娘との暮らしを支えた。娘が中学生になると吹奏楽でトランペットを吹くのが自慢になった。生活費は封筒

に小分けしていたが、前の月も、その前の月も、いつからか家賃を入れた封筒から抜いて前の月はビデオカメラを買った。その前の月は演奏会の旅費に使った。その前には確か、運動着上下に支払った。娘が日々を必要として、それは女が朝に眼を開ける意味だった。

運動会の朝。
よく晴れた空の光は人に隈なく降りていて　娘は赤い鉢巻を締めて走った
カメラに娘を映しながら女も一緒に走った
其処、其処までがと眩しく翻る白いテープを胸に押し込むと、先に、誘うようにまっさらな地平が霞んだ

そして夜。役所から強制退去が執行される前夜
母は行ったこともないデパートの地下でエビだの貝だのと買うと娘の好物のカレーを作り　テレビにビデオをながしながら学芸会で白雪姫を演じたこと夏休みの海で桜色の美しい貝殻をみつけたこと転びながら自転車を覚えたことの過ぎた日々を口を裂いてコエなく笑った
娘は女のふるまいに安心したか、眠った

口を開けて眠る娘の首に、大地を走り抜けた赤い鉢巻をぐるぐる巻きつけるとゴールのテープを切る最後の力で引いた
娘のものか女のものか解からない汗でじっとり重かった
娘は一瞬　開けた眼に（いいよ、行こう）無音のコエを吐いた

ビデオは首に絡まる赤い鉢巻をおでこに走る娘の「時」を零し
乾いて赤茶けた花びらを付ける紫陽花を伝って墜ちていく
女は　かさ　とする身体を膝に抱いて頭に頬をつけ撫でている

　　きんらんどんすのおびしめて
　　はなよめごりょうはなぜなくのだろ

母たちか娘たちかだれのかわからないうたが鳴る

ねぇ、
おおきくなったら
なんになるのー

Essay

Sato Yoko

みちのく仙台で

ここ数年は心配になるほどに暖かい冬が続いたので、この冬の寒さはきつい。

わたしは、北海道に十八年もいたので、雪も寒さにも慣れた体だと気負っていたけれどそれは幻想。人はきついこと、辛いことは早々に忘れていくものかも知れない。

母が三年前に死んだ。そのことの感情はどの部類に入るのか曖昧だが、たくさんの呟きが深く残されている。

母はずっとずっと沖縄の人だった。大方を仙台で生き、晩年は暖かい海のそばの福島県のいわき市に移った。

おじの進学に付添って仙台に来たらしいが、戦争があったり、子どもができたりして、その機会を失くしたらしい。けれども、やはり自分が生まれた幼い記憶に帰りたかったようだ。

死を前に、と言っても死が迫っていることなど知る由もなかったが、しっかり母と会話している。病室の母は弱ってはいたが、まさか数時間後に死があるとは。好きな沖縄バナナに似たモンキーバナナを出して、沖縄のバナナ食べる?と訊くと「ウソ言わないの、違うでしょ」と言い、苺をひと粒手にとって食べ、じっと見て「おいしいね」と言った後、目を瞑った。「さっちゃん、よねこさん、みんなが旗を持って来る」というので瞑想でもしているのだろうと思って見ていた。一瞬はヘンだと思ったけれども消した。そして仙台に戻るバスに乗った。個室に移りましたという知らせが来たのは、家に着いて間もなくのことだった。わたしは母の傍に居なかった。丈夫だったらもう少し生きたかもしれないが、普通の老衰だった。

それなのに、その不在という死はどういうものなのか。悲しいという感情がないまま考え続けている。

ただ、ひとつ解ることがある。それは母が最期に見ていたのは、従妹たちと古里の風景だったろうということ。

傍に居なかったことを悔やみつつ考えるのは、古里を失くした人たちはいったい何を見るのだろうということ。

例えば、夫の実家は南相馬市の小高だが、福島のその辺りは原発の事故で多くの人たちが、散り散りに出て行かなければならなかった。

そこには、何世代かがかたまった生活があったはずだが、行先がばらばらになり、集落の暮らしはもとより、家族のかたまりも亀裂を伴って失われた。

わたしは、今仙台にいて詩と関わっている。

仙台には、宮城県詩人会の事務局があり、そこで昨年から毎月第二日曜日にポエトリー・カフェみやぎを開催している。

書く人も、書かない人もという自由な空間で他の表現の人たちとも横断する形で、参加者が内容を担当することもある。

そのせいか、よく話は盛り上がる。そんなカフェなのだが、政治的見解に関わるところに話が行くとしばしば紛糾する。その態度を巡ってはさまざまだ。

詩で直截に政治的なことを考察したり、現象を述べることが詩作品だとはわたしは考えていない。

けれども母の実家が軍用地に使用され追われたことや、原発の事故後では、家畜などをそのままに避難せざるを得なかった人々を思うと、想像を超える災害に起因したとはいえ、人間の愚かさを思いわたしの感情は複雑にゆれる。

晩年の母の呟きは「生きるって難しくないからね」だった。気難しいわたしの顔をそんなことばで戒めていたのかもしれない。

仙台は津波災害と原発事故の結節みたいな位置にあるからか、ある種の戸惑いを身体のほうが感じてことばに詰まることがある。

井崎 外枝子

いざき としこ
一九三八年生まれ、金沢市在住。『母音の織りもの』（能登印刷出版部）『金沢駅に侏羅紀の恐竜を見た』（思潮社）他。最新詩集『出会わねばならなかった、ただひとりの人』（草子舎）。日本現代詩人会、日本ペンクラブ会員。

金沢・香林坊にて Ⅰ　夕陽のファンタジー

ふわっと飛び越えたのだ
客待ちするタクシーの列を
真っ黒いコートを翻したのだ
じりじり前へ出ようと構えるタクシー
その先を横切ったような、飛び越えたような
それともあれは、低空してきた大鳥だったか

世界中からこの街を目指してやってくる
身長二メートルくらいが群れだって闊歩する
助走もせず、夕陽の裾を巻き上げるように飛び越えた
みごとな消えよう、だが待てよ
あれならビルだってやれるのでは

おもちゃのようなタクシー
低層のビル街、切り揃えた街路樹
ふっと　その血はさわぎ
一っ飛びやってみたくなったのかも
隠しもっていた羽を目いっぱい広げて

いやあれはやっぱり大鳥だったのかも

狭い道と五、六歩にしかならない横断歩道
うじゃうじゃと小さなものばかりが
腰をかがめてうごめいている、箱庭だ
歩幅が狂う、そこのけそこのけ
そのときちょうど夕陽の炎は燃え盛り

新幹線開通でやって来たものを
いつの間にか、とんがった目で見ている
こちらも隠しもっているものがあるなどと

金沢・香林坊にて Ⅱ　うわさの国・ジパング

1

おお、お城に金箔
アイスクリームに金箔、コーヒーに金箔
うどんにも振りかけているわ

ここは、やはりうわさの国　ジパング
ひゃくまんさんも、金きらりん

とどろく雷鳴、鰤おこし
箱庭に雪が降りつむ、つむ
この国に「立ち入り禁止」区域があるなんて
原発に大津波が来て二千人以上の行方不明者がいるなんて
信じられない！
遠い昔のことなんでしょう
なんと美しい国　ジパング

2

旅人が来る
色鮮やかな衣装でやって来る
祭りのように連れ立ち歌い踊り出しそうだ
ソロジェ　ソロジェ
北の国、南の島
からの、長い長い道のり
そうだ、あれは本当に長かった
いのちをつなぎつなぎやって来たのだ〈私たちも

旅人が来る
めぐるように旅人が来る　ひっきりなしに
荒れた心の、荒れた国の、客になろうと
ほら、みんな一張羅の衣装だよ

金沢・香林坊にて Ⅲ　デパ地下

一団の女性客が我先にと乗り込んできた
思わず、前に立ちはだかった一人に手が出た
ぐにゃりとしたものに触れる
ビックリした顔でこっちを睨みつける
すり抜けるようにして一階で降りたエレベーター
だが手に残る、奇妙な感触
追っかけてくるのではないか
迷路のような化粧品売場を駆け抜けた

李三竜は／恐れ気もなく　胸を広げた
広げた胸に／銃剣つきさした。

突如として　発作おこし
心臓　締めあげ　圧してくるのは
今日も僕の手に残っている
李三竜の
断末魔の心臓の鼓動

広げた胸の／胸板の厚さである。

手を出してしまったのだ、その孫の世代に
まるで大陸を押しやるようにして
一九三七年　生まれ年の、あの虐殺
イナゴのように大陸に押しかけた、皇軍

七〇年後　いま大陸から押し寄せてくる観光客
ここは本当にジパングか
わたしの中から飛び出した
　東洋鬼／の手

＊引用は『新編 濱口國雄詩集』より「東洋鬼Ⅲ」

スマホの神々

アジサイ青ざめ
しらじらと人が行き交う
小さな電子機器握りしめて

流された！埋められた！
濁流が押し寄せてきたかと思うと
海水が一気に川を逆流したんだ
　そのとき昆虫の目玉を見たか
　恐竜の脚を見なかったか

イノシシが山頂を越えて行く
ライチョウの受精卵が孵らない
昨日トキの親鳥が死んだのは誤射でした
ひな鳥「美能里」は保護ガラスにぶつかり、死因は脳震盪
ほらビルの鏡面で狂った鳥は、ふわふわ漂うております
自爆のベルトは、少女の肩にきつく食い込んだ

　その黒い目玉を見たか
　昆虫のような目玉を見なかったか

おごそかに室《むろ》の雪を運び出す、真夏の習わし
角を曲がっても曲がっても写されています
ひそかな心の迷いまで監視され
わたしがわたしで決められることってどれほど
取り決めておけ　書き残しておけ
他人に迷惑をかけないように……と公証人
　狂暴になれ　もっと狂暴になれ
　言葉が奪われそうだ

海が盛り上がり　雲がたれる
本気で襲ってくる気だよ
人は人を見限り、スマホの神々を崇めはじめた
子供の人口をはるかに上回った犬猫の数
そんなに癒されたいのか
　狂暴になれ　いまこそ狂暴になれ
昆虫の目玉を見たか　恐竜の脚を見たか

アジサイが青ざめている
わたしも十二桁の……

＊犬と猫を合わせた国内の飼育頭数１９７２万頭。
15歳未満の人口の２割増（２０１６年10月時点の推計値）。

Essay

Izaki Toshiko

声って、不思議

声もどうやら時代によって変わるものらしい。あるときラジオを聞いていると軍歌が聞こえてきた。あの「異国の丘」だった。その声のなんともいえない哀愁に引かれCDを買った。竹山逸郎、その抑えに抑えた声にはそこはかとない色気すらただよっていた。もうあのような声は聞けないだろう。

長年、詩の朗読を続けている知人から「いつまでもずっと聞いていたい声というものがある」と聞いたが、そうかもしれない。高齢になると友人たちもみな声が固くなり、話す内容だってたいがい想像がつく。それでも長電話になるのはいくらか声の響きにひたっていたいからではないだろうか。わたしにはそういう友人が二人いる。ともに同級生だ。あるときその一人から電話があった。彼女は書家だが「今度、みんなの前で話をしないといけないのだけれど、どうも苦手。どうしたらいいかしら」と。「あらー、ふだん話しているその調子で十分伝わるわ。あなたの声ならね」と咄嗟に答えていた。彼女はいまだに自分の声の特徴に気づいてはいない。またその昔、大学に入った初っ端の授業で最前列のひとりの学生の声がどうにも気になり、顔を見たさに授業が終わるや戸口で待ちかまえてみたり……。

＊

もう四十年以上にもなろうか、金沢で詩の朗読をつづけている。初めの頃は吉増剛造、吉原幸子、白石かずこさんなどの声の魅力に引かれ、音も交えてのポエトリー・リーディングを企画していたが、そのうち自分たちもやろうということになった。その頃熱中していたのが、早稲田小劇場の白石加代子さん。毎年夏の富山県利賀村での公演には雨が降ろうがヤリが降ろうが仕事をほっぽらかして出かけたものだ。「トロイアの女」――どこからあんな声がでるのと真似をしながら、一向一揆など物語り風な詩を書いていた。市内の小さな喫茶店を借りてだったが、その日は三時頃にはもう早退するという力の入れようだった。私もいま人並みに終活の時を迎えているが、当時のビデオが段ボールに山積み、ため息ばかりだ。

自作詩の朗読は今もボツボツ。ただ激しい波が引いたように思えた頃から、金沢ゆかりの詩人たちを朗読で紹介しようということになった。まずは室生犀星だが、四高ゆかりの中野重治、井上靖、幼少の頃ほんのしばらく居た中原中也、永瀬清子、さらに異色の島田清次郎、濱口國雄、広津里香など偶然にみな犀川のほとりの住人。まるで犀川が詩人を育んだかのように。この時みんなで考えた名称が「漣の会」。この二月、惜しくも亡くなられた大杉漣さんに因んで……。

近年、人の声もどこかぞんざいになったのでは。居酒屋などで若い男性の飲み会に隣り合ったりするとさあ大変。まるで叫び声のようなやり取り。キャッキャッと動物的な笑い声にたちまち占領される。女性だってランチグループなど、ここぞとばかりに大きな声を出してあたりを構わない。

そうそういま問題のオレオレ詐欺。あれだって聞く耳がかなり鈍感になっているからではないかしら。いくら気が動転したからといって肉親の声も聞き分けられないものか。それができないほど早口で話すからか。声が画一化して特徴がなくなってきたせいか。まあ、自分の声すら分からないといった財務省事務次官もいたのだから、田舎のじいちゃん、ばあちゃんばかりを責められないかも。

声は見えない。見えないから軽んじられ易い。だがこれ以上そんな風潮が強まらなければいいがと、新珠美千代、若尾文子さんなどの発声を思い出している。

壱岐　梢

いき　こずえ
一九五七年東京都生まれ。香川県、北海道、埼玉県をへて、現在東京在住。詩誌「ルピュール」同人、日本現代詩人会会員。二〇一二年第一詩集『樹念日』（花神社）、二〇一七年第二詩集『一粒の』（土曜美術社出版販売）を上梓しました。

はじめまして

夜更けにひとりでいると
自分からするりと抜けるものがあり
ひっそり前に立つ
驚いてその顔を眺めるうちに
ようやく　気づく
ああ、嘘だったのだ　と

はじめまして
疑いもせずつきあってきたけど
嘘だったんだね

ごく儚げなもの
苔むした厳つい岩のようなもの
聖母じみたものたちまで
微笑もうか睨もうか
気まずそうな顔が
もやもやと霧のように揺れる

戻っておいでよ
あなたの名をちゃんと呼びたい

たいていは
たがいの距離をはかりかねるうち
夜は明ける
朝の紅茶にミルクをいれて
くるくるかきまわしていると
溶けこんでくる

名乗らずに戻ってくるから
飲み干すと　苦い

（詩集『樹念日』より）

すこん、と

ああもできない
こうもできない

ぐるぐるめぐって
胸の奥が黒い石になる

いっそ
すこん、と
棒をふりおろすのは
どうだろう
あんがい
薄紅いなかに
黒が点々
散らばっているだけ
かもしれないし
縁側にすわって
口いっぱいに食べて
黒い粒を庭先にとばせば
すっかり忘れたころ
柔らかな緑に芽吹き
あいかわらず
ばたばた生きてる私を
うしろからくすくす笑う
そんな感じは
どうだろう

（詩集『一粒の』より）

セーター

小さくなったから編みなおそう
と母がいい
蜜柑色のセーターを
幼い私に持たせた

時間をはみだしてゆくみたいに
いっぽんの毛糸が
母の両手に少しずつ巻きとられ
私のセーターはだんだん崩れ

　ねえ、やめようよ
もうやめよう

俯く母は手を止めない
毛糸をたぐりながら
少しずつ遠のいてゆき
白髪になって年老いてゆき
切り揃った前髪の私は
大きくなってゆき

　ね、やめよう

母は顔をあげ
薄く口をひらいて

なにか答えるのだが
言葉はぷくぷく
泡になって昇るばかり

こんな悪戯《あそび》はおしまい！
仕事に行かなきゃ

声は届かず
小さくなったひとは
静かに滲んで
消えてしまい

編み癖がついて
うねうねくねる毛糸が
暗号のように
たなびいている

何に編みなおすと
いうのだろう

蟬しぐれ

蟬しぐれのなかを
歩いている
夏が終わる怖さを
振り払うかのような
狂気じみた羽の震え

振り払いたいものを
振り払えず
苦い水を口に含み
からだを湿らせ
歩いている

とんぼが横切る
一文字に
すいっと切れた空気が
微かにずれて

夏が終わりますね

蟬の羽のように
激しく震え
泣いてごらん

夏は終わる

（詩集『一粒の』より）

Essay

Iki Kozue

三日間だけマルと呼ばれた犬

札幌で暮らしていた、二十年ほど前のことだ。アパートの駐車場で車から降りた私たち家族のもとに、小さな犬が駆け寄ってきた。たぶん、マルチーズ。薄汚れた白い毛がボサボサ伸びた、明らかな迷い犬だ。子供は、しきりとじゃれついてくる人懐っこい犬をマルと呼び、私たちは二十分ほどを楽しく遊んだ。そして、マルに別れを告げた、はずだった。

　アパートに戻る私たちのあとを、マルはついてきた。制しても、制しても。階段を共に昇り、ついに二階の部屋のドアの前に座った。犬猫禁止のアパートだ。私はマルを抱いて近くの公園にいき、お家を探してお帰り、と放して、脱兎のごとくアパートに戻った。程なく、ドアの向こうからワンワンとご挨拶が。マルは、この家族と暮らそうと決めたのだ!

　困り果てた私は、再びマルを公園に連れ出して飛んで帰り、階段入口のドアを内から閉めた。が、ワンワン!が聞こえる。踊り場から覗くと、マルは階段のドアの前に座っていた。マルの意志は固かった。餌を探しにいくのか時に姿を消すが、必ず戻ってくる。深夜の暗がりの中、小さな背中は、まだそこにあった。想いが白く灯っているようだった。

　翌日も、マルは階段の前に座り続けた。どうしよう。アパートの誰かが保健所に通報すれば、殺処分されるかもしれない。飼い主を見つけなければ。ふと、頻繁に配られるフリーペーパーの掲示板コーナーを思い出した。連絡すると、運よく翌日の配布に間に合うという。

　掲示板に載せた日の午後、老婦人から電話が入った。飼っていたマルチーズが一年戻らない、今から息子の車で確かめにいく、とのこと。階段の前でマルと待っていると、横付けされた車からおばあちゃんと息子さんが降りてきた。口ん中見せて、とマルの口を覗きこんだおばあちゃんは俯いた。「ケンタでない」。ケンタにはない一本の歯が、あったのだ。

　「この犬を…」と言いかけた私をおばあちゃんは遮った。「だめだ。ケンタが戻った時、この犬いたらどう思うさ」。幸せにな、とマルに言い、おばあちゃんは車に戻った。その時、マルが私の足元からダッシュし、車の中に飛び込んだ! だめ、と外に出される。また入る。それを三度ほど繰り返したあと、とうとうおばあちゃんは、マルを抱いて外に出てきた。押さえてて、と差し出されたマルに手を延べた刹那、渾身の力で身をよじったマルは、おばあちゃんの腕から飛び降りるや、一目散に車の中に戻っていった。

　おばあちゃん、息子さん、私。人間三人が呆然と車の外に立ち、中には犬一匹が座っている。沈黙ののち、おばあちゃんは呟いた。「一緒に暮らすか」。息子さんが、小さく笑った。幸せにね……三日間見慣れたマルの頭を、私は撫でた。

　車が動き始めた時、おばあちゃんに抱かれたマルは私の目を見つめ、視線を外そうとしなかった。涙でぼやけた景色の向こうに、車は消えていった。

　階段前の不在が放つものを感じた時、ある想いがこみあげてきた。私はこれまで、マルのように心と身体いっぱいに、得たいものを漲らせたことがあっただろうか。幸せを掴むため、拒むものの只中に、何度も飛び込んでゆけるだろうか。小さく大きなヒーロー、マル。

　一週間後、おばあちゃんから電話があった。「洗ってやったら、なんも、真っ白さ。よく食べて、よく遊んでる。名前はコウタにしたよ」。きっと、幸太、だ。

長谷川　雅代

はせがわ　まさよ
一九三五年静岡市生まれ、詩集『冬の柿』土曜美術社出版販売。初めての詩集でしたが書くこと、読むことの感動を沢山味わいました。元気で書いて読んでいきたいと思っています。

あの夜のこと

焼夷弾に照らされた街は静かだった
大勢の人達が走っているのに
足だけをサッササッサと動かしていた

国民学校四年のわたしと二年の弟は
母が押す乳母車の両側に
乳母車の中には五歳の妹
母の背には二歳の妹
みんな黙って走った

焼夷弾がバラバラとわたしたちの周りに落ちてきた
　「臥せぇ！」
大きな声と共に伝書鳩を背にした兵隊が
横を流れていた川に一番先に飛び込んだ
続いて数人が飛び込んだ
わたしたちは其の場にしゃがみこんだが
すぐにまた走り出した
周りにはあちこちに炎が立っていた

誰も泣いたり叫んだりしなかった

母の背で妹は
暑いと防空頭巾を外す母に
黙って何回も被せ直した

走って走って
六月の空が明るんできた頃
人々は田圃の畔に腰を下ろし
お互いの無事を喜びあった
静かだった夜が賑やかになった

七十余年たった今
あの夜の静けさは
わたしだけのものだったのかと思う

お茶の花

歩道の横の茶畑で
初夏に葉を摘まなかったお茶の木が
わたしの肩ほどに伸びて
晩秋の陽ざしの中で
白い小さな花をいっぱいつけている

柔らかい緑が
初夏の日に映える頃
セツコさんが曲がった腰で
お茶摘みをする姿を見なくなって二年
セツコさんが手をかけていた茶の木は伸び放題で
白い小さな花を見るたび
セツコさんのお茶への愛着の日々を想う

セツコさんがお茶摘みをしていた頃
茶葉を摘んだあとの木は
きれいに腰丈に刈られ
晩秋に咲く花はほんのわずかだった
その花を見ると
可愛いと思ったが

伸び放題の茶の木に咲く花は
茶色に萎れ
冬の風にパラパラと地に落ちる

空を見上げると
　花を咲かせないで
　木を伸ばさないで
　お茶摘みをして
と　セツコさんの声が聞こえるが
家族には届いていないらしい

　仕様がないねえ　と
悲しい顔をしているセツコさんを思い乍ら
わたしは歩道を歩いて行く

耳掃除

金木犀の香りを含んだ陽ざしが
縁側で新聞を読んでいる老いの背中を暖めている
五十年連れ添った妻が
右の耳の聞こえが悪い
詰まっていないか見てくれと
恥ずかしそうに言う

わたしは時々耳掃除を妻に頼んできたが
妻の耳の中を覗いたことは一度もない
おそるおそる覗く

初めて見る妻の耳
わたしの尖った言葉が突き刺さっている
妻の心に繋がらなかった
沢山の言葉が張り付いている

わたしは五十年の日々を繰りながら
深呼吸をして
何も詰まっていないと
優しく妻に言う

そんなことないでしょう
妻は笑いながら言う
心に届かなかった言葉があるのを
知っていたのか
耳に突き刺さったままの言葉の痛みに耐えてきたのか
耳かきをそっと置く

金木犀のちいさな花弁が
はらはらと舞い落ちている
秋の早い夕暮れは肌寒い

母の着物

母が元気な頃
わたしに着てほしいと手渡された一枚の着物
母の嫁入りの箪笥に入っていたもので
一番好きなものと聞いていた
太い立縞に厚物の菊が飛んでいる
色も派手でなく地味でもなく
わたしも大好きだった

母がその着物を着る時の
華やいだ姿を見ていたからかもしれない
袖を通すと
表地と裏地がしなやかに寄り添い
驚くほど着やすい

わたしの知らない母が
わたしの知らない
特別の日に袖を通したのかもしれない
ナフタリンの匂いがする母の着物
鏡の前でわたしごと抱きしめて
お母さんと呼んでみる

Essay

Hasegawa Masayo

繋げる

私が嫁いできた時、我が家は舅、姑、夫の弟二人と私達夫婦の六人家族だった。居間には掘り炬燵があり、食事は六人がそれを囲んだ。冬には火を絶やさないように炬燵の中に首を突っ込み炭を追加するのは嫁の私の役目だった。

子供も生まれ、炬燵の周りは賑やかになった。嫁、姑はお互いに大変なこともあったが皆で揃って同じ物を食べて家庭は平和であった。正月やお盆の支度も自然に覚えた。

今は家を建て直し、二世帯住宅になり舅も姑も亡くなり、長男夫婦と私達夫婦に分かれ、台所も食事も別々である。

仕事を持っている嫁とは日中顔を合わさないこともしばしばである。

嫁姑の繋がりは薄くなる。嫁ぎ先の色に染まらない女性が増えている。二世帯住宅はそんな女性の要望を受け入れての現象かと思うが、別々がすべて悪いわけではない。新しい風が吹き込むこともある。

一緒に台所に立つことでその家の味を覚えたものだが若い人は自分の味を主張したいのかもしれない。それを否定するわけではない。調味料も香辛料も新しいのが次々店先に並ぶ。年をとると新しいものを受け入れ難い。若い人にはかなわない。家族で新しい味を美味しく食べれば家族の味が生まれる。

昭和の終わり頃までは家の周りは田圃や畑が広がり蛇も蛙も庭で遊んでいた。今では田圃だったところに四車線道路が通り、車がひっきりなし唸りをあげている。

生活は日々新しく変わり便利になっている。朝、起きれば炊飯器でご飯が炊けているが、竈と釜でハジメチョロチョロナカパッパとやった頃が忘れられない。

私達夫婦は急須でお茶を入れて飲む。孫達は烏龍茶やティパックを冷水で飲んでいる。息子は熱いお茶が好きで、私達の部屋に熱いお茶を飲みにくる。今では急須がない家もあるという。

若い人と食べ物が違うから食事は別の方がいいと言う人が多い。確かに自分達の食べたいものを食べることができる。しかしお互いに我慢がなくなったと思う。嫌いなもの、作るのが面倒なものは食べない。

同居の食事では姑が作ってくれたものは残すわけにはいかなかった。姑も私が作ったものは我慢して食べてくれた。繰り返すうちにお互いに気を使い、嫌いなものは作らない様になった。

私が住んでいるところは農村だったので山の神講、地蔵講などの講があって、町内での飲んだり食べたりの親交があった。

今では町内の行事でも人集めが大変である。若い人が参加しない。パソコン、スマホなどの普及で確かに生活は便利になった。それはそれで波にのらなくては時代遅れになってしまう。

しかし私達が経験した昭和と平成のよきことを次の世代に繋いでいかなければならない。先祖が残してくれたよきものを伝えていかなくてはならないとも思うこの頃である。

宮内　洋子

みやうち　ようこ
一九四二年鹿児島生まれ。詩誌「禱」同人、「天秤宮」主宰。詩集『グッドモーニング』『海ほおずき』『ツンドラの旅』『陸に向かって』『さつまはおりむし』『わたくし雨』。日本現代詩人会、日本詩人クラブ会員。

みずうみ

心臓の形をしている湖は
心臓が躍動していた時期があった
ローカル線が近くを走っていたし
ロープウェイは　ゆっくり宙を
行き交っていた
吊り橋は　揺れながら　人々を
薔薇園へと誘《いざな》っていた日々　それなのに
大地主が見切りをつけて
遊園地を廃業にしたので
心臓の形は　雑木におおわれている
残された湖沼には
釣り人が　一人いた
数十年ぶりに
私も散策してみた
表からは入れない迷路には
柵がある
裏手の
浮き橋の上を

カンコンカンカンコンと下っていくと
緑と藍色の湖《うみ》の面《おも》に
四月の陽光が　波うっていた
湖上の風は　単音のメロディと沼の臭い

法事で帰ってきた人だろうか
むかしは　ここで　花見のお出ばいが
あった　ですよ　ね
孫を抱いて　懐かしそうに
たたずんでいた
松林があり　しろつめ草も
こんもりと生えている

対岸の
小高い丘は　地主の顔で
湖をのぞきこんでいる
影のある葉桜が
ぶかっこうに
沈みこんで　動こうとしない

そのうち湖底で
眠っていた　心臓が　メラメラと
再生して
闇夜に　拳を振りかざす
その日まで
私も　湖の浮き草に　なっていよう

番《つが》いの鷺が　汀《みぎわ》にいた

浜下り

白砂の上に　素足の　足占《あうら》
白装束の踊り子が　二列に
立ち並ぶ

小学生　中学生　大人

海中の人となり　半身の　禊《みそぎ》

真夏の灼熱のたいよう
男の満ち潮と
　引潮で
　　水平線が　ぼやけてしまう

伊作太鼓踊りの　浜下りは
まつりまえに　白砂の　汀《みぎわ》で祈ること

東シナ海　入来浜は
上海まで　一千キロメートル　続いている

八月二十八日　奉納の日
南方神社では
大太鼓の大人と
女装した　四人の　小太鼓と鉦叩き

リズムは勇壮で　島津家　戦勝の舞い
七百年の伝統行事を打ち鳴らす
矢旗は二メートル近くで撓《しな》う　しなう
さつま鶏の羽根が　黒光りしている

打ち鳴らす　太鼓の足わざは高々とあがり
謡《うたい》の合間に
　ショッショーイ　チンコンカンコン　チン

過疎化の町に　鳴り響き　時の迷路を
　　つきすすむ

りんご

モミガラの中から　取り出して
ていねいに　布で　磨いた
りんごを
双手に　かかげて
私に　届けて下さった
果物屋のおじさん
どうか　しやったと?
車道を横切って
目の前に　ポンと置いた
古い木の机は　りんごの香りを
受けとめた

夕方五時になると
世間の風と　社員の目線に
うちひしがれて
たっぷり一時間
お尻は椅子に
しばりつけられていた

甘い香りが　スウーッと
胸の中にしみた

その日から　私は椅子から
立ちあがり　子供たちのために
夕食の準備をするようになった

果物屋は類焼にあい
更地になったが
りんごは
くるりと　まわって
私に逢いにきてくれる

Essay

Miyauchi Yoko

詩作の現場

二日続きの春雨に叩かれて、古新聞が固まっていた。それは墓地の一隅に花を包んだ形のままで放置されたものだった。枯れた花二茎も寄り添うように横たわっていた。

義姉が墓参に来ておいていったのだろう。固まっている古新聞と枯れた花は持ち帰らなければならない。線香に火をつけるとき、古新聞は濡れていたので燃えなかった。しばらくして見るとまだ燻っているようだ。さらにマッチをすって燃えるように全体を浮かして、枯れ枝もばつにして風の通りを良くした。炎は見えないがクツクツと煙が鳴いている。枯れ枝の茎の先から白い煙が噴き出してきた。茎の端は煙の熱をジワジワとため込んでは吐き出して、とろけるように燃えていく。炎は見えないのに。固まった新聞紙もちょろっと火を端っこにちらつかせて、白い灰になった。

二十数年前、うちの商店街が一部火災になったことを思い出した。ストウブの火が時計屋の部分洗浄用のガソリンに引火して起きた火災だった。火災の原因は後で知ったのだが目の前の道路向こうで火の手があがったので、消防署へ電話のダイヤルを回した。何回かけても電話は繋がらない。やっと繋がったので、

「うちの前が火事です」

「こちらは本署ですが、うちの前とはどこですか。お名前は？　どなたですか」

対応がのんびりしている。

「ああのーここは西本町の番地は二九二四番地です。目の前が今火事です。私の名前はこれこれです」と答えた。

そのときにはもう火は時計屋から隣の呉服屋へ移り燃え上がっていた。そこへ地元の消防団と消防車が来ていた。私は二十キロ遠い本部に電話していた。当時近くの役所にはつながらなかったのだろう。隣の銀行の女子行員はバケツと消火器を手にしたままぼうぜんと立っていた。東風であったとしても炎は連らなった両隣へと移る。目の前の果物屋へ煙だけが天井裏を走って一階と二階の間に噴き出してきた。女子行員と私は消火器をどこへ向けてかけたらいいのかキョロキョロしているだけで何も出来なかった。

消防団長の自転車屋さんが、三叉路の真ん中に仁王のように立った。すでに時計屋呉服屋のはいった一軒家は炎上していた。左隣の果物屋はまだ家屋の形を保っていた。団長は動かない。消火用のホースを持って早く消火に参加したらいいのにと恨めしく思った。一刻を争うのに。何やってんのと叫びたいぐらいだった。

舗道に横付けしていた小型消防車の座席のビニールシートが熱風でゆらゆら煙を出していたら一団員が飛び乗って移動してくれた。胸をなで下ろした。うちの店を六十代の運転手が気を利かせてシャッターを降ろしてくれた。団長が果物屋が炎上しても放水にはちからをいれていないのに気づいた。その隣は空き地だった。延焼は空き地がくいとめるのを計算していたのだろう。右隣の靴屋へ団員を数名送り込んだ。団長の右手が行けと方向を定めていた。二階建ての一階の天井裏へ突入命令だった。天井裏の火の矛先である熱い煙の中に放水して延焼をくいとめようと判断したのである。仁王のように立っていた団長の判断は正しかった。ひとまず鎮火した。それでも立ち続けているので気になった。もうあたりは暗くなっていた。団員を見回りに行くように指示していて、飛び火の警戒を続けていたのだと後で気づいた。五軒先、三軒先、枯れ葉のあるところ、火の手があがり団員は一晩中消火にあたっていた。

現在私の住んでいる吹上町は人口八千人。過疎化が進んでいる。

冨岡 悦子

とみおか　えつこ
一九五九年東京生まれ。著書に『植物詩の世界』（神奈川新聞社）、『パウル・ツェランと石原吉郎』（みすず書房）ほか。詩集に『椿葬』（七月堂）、『ベルリン詩篇』（思潮社）。「午前」「白亜紀」「タンブルウィード」同人。

ふざけるな　チャーリー

壁博物館の汚れた窓に
急ブレーキが響く
階段の踊り場で
二人は抱き合っていた
女はハイヒールで体をささえ
渦巻き模様の刺繡が
スカートを這い上っている
まるでブロンズの彫像のように
底冷えする踊り場で
二人は抱きしめあっていた
窓の外は雨が降っている
朝からずっと降りつづけている
女の髪が揺れて
薔薇色の耳たぶがのぞく
真珠のピアスがものすごくエロティックだ
ふざけるな　チャーリー
チェックポイント　チャーリー
おまえの監視をすり抜けて
ここに　錐のようなかなしみがあるだろう
おまえの監視を潜り抜けて
ここに　虹のようなよろこびがあるだろう
肋骨のきしむ音が聞こえるほど
二人は抱きしめあっていた
女の頭が揺れて
うなじがのぞく
ふざけるな　チャーリー
おまえの監視を挑発して
ここに　悲鳴を飲みこんだ喉がある
おまえの銃をあざけって
ここに　なめらかに誘う腰がある
車のトランクに体を詰め込んで
息を殺して　西へ逃れた人がいた
有刺鉄線にからまれて
撃ち抜かれた人がいた
よじのぼった壁から飛び降りて
歩けなくなった人がいた
うす暗い踊り場で
二人は足首を垂直に立てて

絡み合ったまま　離れない
窓を横殴りの雨が叩いている
恋人たちは
からだとからだの境界に
苛立って　見つめ合い
顔を肩に埋める
あらがいながら
抱きしめあっている

ルー・リードの声が聞こえる

死後の空から
見下ろしているの
かつて暮らした部屋は
がらんどうのまま
音を充満させている
ベルリンの壁のそば
私たちは　硬い椅子に座って
ギターの音を聞いていた
ああ　無残なのに
こんなに素敵だ
ここはパラダイス
ルー・リードの声は　滞らない
深い声は　部屋の面積を
少しずつ膨張させてゆく

キャロラインをまねて
私は言った
甘えてくる男なんて　いらない
ちゃんとした男が欲しい
私の殻をみじんに砕く
ちゃんとした男が欲しい
ルー・リードの声は　滞らない
窓の外に工事中のビルが見える
広告塔の女はずっと笑ったままだ
死後の空から
見下ろしているの
私は　ひとを殴ったことがない
ひとを殴れと　命じられたこともない
でも　たっぷり傷つけたことはある
もう二度と立ち上がれないほど
打ちのめしたことがある
一度ならず
一度で懲りず
そして　うそぶいている
なんて気分なんだろう
なんて　せつない気分なんだろう
私たちはこの部屋に暮らして
虚無の林檎を食べ尽くし
甘く香り立った
ルー・リードの声が　体を通りぬける
甘く香る部屋の

棚の上に
走り書きの詰まった箱があった
レシートや
ちぎったノートの切れはしや
ワインのシミのついた紙片が
詰まっていた
たぶん　それだけが余計だった
それだけが異臭を放っていた
それだけを抱えて
私は部屋を捨てた

トネリコよ

トネリコの黒い芽を
汚れた水ときよらかな水が
内側から破る
円錐花序の花は
骨の枝から噴き出して
わずかに血の色をにじませる
まるくうずくまる幼い葉を
脈打たせて
トネリコよ
私は　発熱を予感しながら
よみがえるラザロを思っている
トネリコよ

黒い芽を枝いっぱいに尖らせる
あなたの樹下で
私は　不安にかられて前を見つめる
トネリコよ
強靭なあなたが
宇宙樹と呼ばれたことも
悪寒に震える私には　遠いことだ
恐怖を分解せよ
テロルは不安の集合体だ
熱の波動に身をゆだねてなるものか
トネリコよ
寒気に黒い芽を直立させる木よ
結び目をほどく指を
私の使命とせよ

（『ベルリン詩篇』より）

Essay

Tomioka Etsuko

ベルリンの癒えない傷

ルー・リード逝去のニュースを最初にどこで聞いたのだろう。友人からのメールだったのか、あるいはインターネットのニュースだったのか思いだせない。新聞紙上に、二〇一三年十月二十七日ニューヨークで闘病の末死去という活字を見て座り込んだ記憶がある。そのあと気を取り直して、いくつかの音楽雑誌や『ユリイカ』二〇一四年一月号のルー・リード特集を読みあさり、詳細を知ることになった。

ルー・リードの声は、詩人の存在を意識し始めた頃から、私のかたわらにあった。とりわけ高校一年の時に手に入れたアルバム『ベルリン』は、奥行きの深い居場所を与えてくれた。英和辞典を引いて歌詞を訳し、暗記して登下校に口ずさんでいた。

大学でドイツ文学を学ぶようになり、鬱屈した少女の殻を破りたくて、それまでなじんでいた音楽から遠ざかった時期がある。勉強を重ねるうちに、ベルリンという都市は別な顔を見せて私に近づいてきた。ベンヤミンの『ベルリン幼年時代』やブレヒトの『三文オペラ』、オスカー・レルケの詩、レーニ・リーフェンシュタール監督の映像、ナチ政権による焚書、東西ドイツ時代の文学状況など膨大な情報が、圧倒的な重さを持って私に迫ってきた。それでもベルリンの知の森に足を踏み入れることができたのは、ルー・リードの声の記憶が小さなロウソクの炎のように、かたわらにあったからだと今になって思う。

『ベルリン詩篇』は、ルー・リードに捧げた詩集である。詩集の最後から二番目に置いた詩「ルー・リードの声が聞こえる」には、次のような補注をつけた。

> ルー・リードは、一九七三年にアルバム『ベルリン』をソロ第三作として発表した。キャロラインは、ベルリンの恋の物語を歌うアルバム『ベルリン』のヒロインの名である。三三年後にニューヨークでアルバム全曲が再演された。このライヴは、ジュリアン・シュナーベル監督のドキュメンタリー作品『ルー・リード　ベルリン』として公開された。

ベルリンには一九八八年の冬に初めて滞在した。壁沿いを何度も歩きながら、東西ベルリンの国境検問所のそばにあった壁博物館で、長い時間を過ごした一日があった。その時のメモをもとに、詩「ふざけるな　チャーリー」を書いた。補注としたのは、以下の文章である。

> チェックポイント・チャーリーは、ドイツ東西分断時代にベルリンの東西境界線上に置かれた国境検問所。ベルリン壁博物館はチェックポイント・チャーリーのすぐそばに一九六三年に創設され、東西ベルリン間の国境に関する記録が展示保存されている。チャーリーの名は、いくつかあった検問所をアルファベット順に名づけて、検問所Aはアルファ、検問所Bはブラヴォー、検問所Cはチャーリーと呼ばれた。

壁が壊れて来年で三十年になるベルリンは、歴史の傷を記憶する都市として再生している。私の言葉は目の前で開いている傷のために、何ができるだろうか。問いながら、手探りしている。

斎藤 菜穂子

さいとう　なおこ
幼いころから数えると、転居は十回ほど。現在の住まいは町田市玉川学園の丘の上。東京とは思えないほど静かで空気の澄んだところです。イタリアが好き。カトリックです。日本現代詩人会会員、詩誌「花」同人。

セノーテ

密やかな繰り言のような遠雷が聴こえる
この旅に誘った手が知らぬ間に遠ざかる
淡水と海水が混じる汽水域で取り残され
不意に現れた霧に標を失い振り返った

指先から出てゆく日々がある
見えない絃を爪弾くのは嫌悪だけなのか
放たれたあなたの感情でもあるのか
マヤの人々の歓喜と酩酊が沈む底に墜ちる

腕をつつき皮膚をついばむ小さな魚たちの
懐かしく寂しい痛みが静かに物語るもの
それは私の眩い日々の欠片が記憶するものだ

雨神に向けて投げ込まれた生贄の名残が
白い砂埃となって水中で舞い
あの日の証のように陽光に形を与える

セノーテに降り注ぐのは
ひかりの絃を奏でるのは
暗闇に澱んでいる呪いと恨みの環の
外側にある慈悲なのだ

マヤの人柱の少女も
ここで呼吸する私も
人知れず誰かのために祈るのだから
それが満ちて彼方へ赴く日のために

眼を閉じて透明の水中を沈みゆくとき
真実互いを想うのか答えは出ないまま
指先から生まれる新しい日々は

確かに届く雨をここで待ちながら
近づく雷鳴が次第に露わにする言葉を
碧い深みでただ聴き取ろうとしている

＊セノーテ　ユカタン半島に多く見られる天然の泉。

ノートルダム・ド・セナンク

乾いたミストラルが深い谷を吹き抜ける
石葺きの屋根はベネディクトの言葉を語る
「Ｏｒａ，ｌａｂｏｒａ　ｅｔ　ｌｅｇｇｅ」
八角形の塔の明り取りから射し込む朝日のように

ラベンダー畑でうずくまり精油を採るひと
甘いミツバチを素手で看るひとがいる
私は頭を刈り白い衣をあてがわれ素足になる
花の香りと野菜畑の作物と平らな墓地がある

山猫の顔と竜の体を持つタラスクという怪物が
会則を読む部屋の柱に彫られ呟いている
回廊を歩く者達が道を逸れてしまうように

刻々の覆いは取られ古いものは過ぎ去る
バラ窓の光の中の日々を振り返るばかりだ
果たして折り畳むためにふさわしかったのか

楢の森に時が降りて谷の奥へ告げる頃
猪がドングリを食べに窓の下へ集まる
目を凝らしても暗闇の中の姿は見えず
ただ獣の肉の気配が袖の先から入り込む

池の上で目を閉じる水鳥のように

盲目の修道士の詩編を詠う声を聴いている
この底なしの夜の領域に浸れば
骨の奥の忘れていた痛みが甦る

私を支配する驕りが義を語る人と対峙する
語りかけても振り向くことのない中世の首と
ユグノーのために流れた血を黙想する瞳

かすかな音を立てて堕ちるものがあり
勝利を得たひとと今戦うひとがいる
私はここでひとりの旅人でしかないのだ

＊セナンク聖母マリア修道院は、仏プロヴァンス地方の谷間に在る。
＊「Ｏｒａ，ｌａｂｏｒａ　ｅｔ　ｌｅｇｇｅ」
祈りなさい、働きなさい、聖書を読みなさい。

サラバンド

この冬の告解を終えたようにドアは開いた
剪定された並木が裸のまま広い通りを見ている
渇いた風が頬を叩き短調の悼みがあふれ
サラバンドの旋律は予感をかたどり耳朶にふれる

ヴァイオリンの弓が天を指し遡る時の隙間を埋める
欺瞞となって飛び散ってしまった懐かしさなど
季節を過ぎ越し傷んだ舗道の窪みを見つめて
年老いた犬は立ち止まりうつむく

信号待ちの人が影を持たない朝の光に会釈する
あるいは最後の言葉を呟いている
始まりのようで別離はいつもここにある

風がコートの襟を開いた
遥かの出来事をこの場所で重ね合わせる
霞むビル群の向こうにある確かな哀しみ

＊サラバンド
バッハ作曲「無伴奏ヴァイオリンのためのパルティータ第一番ロ短調」

インスタレーション

大きな岩に埋もれ折々の問いに応えようとしていた
あの日不意に暗闇の鉱脈が壊され頭上が青く開けた
次第に近づいて来る激しい振動に目を覚ますと
コバルトターコイズの毒は朝に混じり溶けていった

ガラス瓶へ詰められ微細な顔料となった私は穏やかに
純水と溶剤で満たされた日常へと心地よく埋もれた
漠然としたドローイングから派生した自負と矜持さえ
薄く削られ果てしなく並べられた歳月の薄板となる

下塗りを繰り返され無関心を重ね青く厚くなるもの
思惑は少しずつづれ遮断したはずの外へと形作られ
支え合う立体は日付を消され空間を分けて自立している

それでも白い壁に映る此処ではない何処かにふれて
遥かの時を青から作られたものとして今こころに記す
変貌し解放されてゆく私であった一部を展示しながら

現代美術　伊藤カイ氏の作品を鑑賞して

Essay

Saito Naoko

佇むカフカ

カフカの非常に短い短編『橋』は、様々な解釈がある作品である。

「私は橋だった。冷たく硬直して深い谷にかかっていた。」

「だから待っていた。待つ以外に何ができる。」

いったいカフカは橋として何を見つめていたのか。何を待っていたのだろうか。

フランツ・カフカは、プラハのユダヤ人家庭に生まれた。当時のプラハは、一握りのドイツ人が大多数のチェコ人を支配し、ユダヤ人は、その構造からも疎外されていた。貧しい生まれの父はチェコ語を話し、名門生まれの母はドイツ語を話す同化ユダヤ人だった。

カフカは幼いころから作家に憧れを抱き、次第に哲学へも興味を持つが、父の意向で希望は叶えられず、法律を専攻する。優秀とは言えない学生生活を経て保険会社へ就職するが、時間外勤務があることを嫌い、昼過ぎに仕事が終わる保険協会に職を変えている。午後の時間をすべて小説の執筆に充て、ホフマンスタールやリルケの参加する文芸誌に寄稿していた。やがて、「イディッシュ語」に興味を持ち熱心に学び始め、同時にシオニズムにも傾いて行った。こうしたことが、ユダヤ人としてのアイデンティティを目覚めさせたのだという研究者もいる。しかし、カフカの人格形成において、母方の著名なラビやタルムード学者の存在が大きく影響していたことは明白であり、カフカ自身が成長するにつれ出自を強く意識し、実存の中核に不安を抱き始めたことも事実だろう。

ユダヤ人の生活には、数千年に及ぶ神との契約が存在する。現在、世界中に散らされた彼らは、そのDNAによってひとつなのだという。都内でイスラエルレストランを営むダンは言う「私たちは、どこに居ても何をしていてもユダヤ人なんだよ。たとえ、シャバット（安息日）を守れなくとも、そんなことは問題じゃない。」

カフカは、常に判を押したように行動し、周りの人々を思いやる人物だったという。仕事についても気配りの人として知られていた。労災補償を担当していた時期には、安全ヘルメットを発明し着用を推奨した。その結果、工事現場の災害を大きく減少させたといわれている。聖職者のような、きわめて求道的な日常だったのである。公に信仰を表明してこそいないが、「人間は、自分の中にある何か不壊なるものへの永続的な信頼なくしては生きることができない。その際、不壊なるものも、また信頼も、永続的に隠されたままであるかもしれない。」と述べている。ここに、幽かな信仰告白があるとは言えないだろうか。自らを「橋」になぞらえて待っていたのは、明確なペルソナとしての唯一神ではなかったのか。父への愛憎と、中々認められない自身の作品。他者と時代と血脈とを思うとき、カフカは、目に見えないもの、触れ得ないものを夢想し、それに導かれたいと考えたのではないだろうか。そして、彼の深層心理は少なからず悪魔的であったともいわれている。無意識に創造主への畏れを抱いていたとしたら…。寝返りを打ち落下してしまう恐怖に怯えながらも、その先にある解放を願って、光と救いを求めて佇んでいたのではないだろうか。

現在、各国にあるシナゴーグには、必ず「エターナルライト」があるという。それは、スイッチのない永遠の灯である。決して希望を捨てることのないユダヤ人の証として存在している。「自分は脆い小舟である。」と弱音を吐きながらも、自死を選ぶことだけはしなかったカフカを想う。

岩下　祥子

いわした　しょうこ
一九八六年福岡県生まれ。大阪、大分等転々。同人誌「すとろんぼり」「Lakshmi」、詩誌「水盤」に参加。現在は小倉に在住、北九州工業高等専門学校に勤務。

下線

ねむってしまうのは僕へのぼうえい（拒否？）はんのうだと咎められ言葉を絡めとられるメール。メープルシロップをヨーグルトに溶かしてここのところ流動食だ。詩をよませてよ先生の。アンダーラインはどこ。先生のという所有格？よませてが孕む懇願およびせがみ？　覆いかぶさり殊更重みを押しつけて身体すべて下線となれ、声を押し殺して命じる笑みと尖った鎖骨、耳の穴。ああまた。誠意のために打ち込むはずがキーは深奥と連動し明日は欺き時々おお雨です。夜ごとよごれる敷布を繭にして蛹化させせぬよう薬品を垂らす。ねむる。育たぬためにねむる。わたしの入り口の掛け替え札は正しい言語にしたがって防衛あるいは拒否になる。桃色の繭の中へと潜り横たわり下線となる身体、防衛あるいは拒否の奥。光は目の茶いろ。落ちるは臍の上。ささやきは耳の裏。おねがいは五指の強弱、攫まれる髪。

ココア旅行

色素の薄い男の子がひとり、私の部屋にやってきて猫の轢死を話す。猫が好きなのにそのときはグロテスクなものを見ていたかったと、視線を落とし呟いている。「ひかれた」より「しかれた」がいい。しかれた猫のほうが可愛い。

風邪気味になれば月経だ。身体のなかで頭蓋骨の比重が高くなる。

きゃっきゃしながら魔法を持っていて羨ましく温かく嬉しく笑んでしまう。弁当を持って研究室に来た女学生が五人、ほんとうに箸が落ちても可笑しいのです。あのときあった無限の魔法を彼女達はどう輝かせるだろう。しかし私よりずっと逞しい。そんなことに怯えずにケチャップが付いた冷食ハンバーグを白い前歯が囓っている。

まちがえないか震える。まちがえるということを履き違えそうでびくつく。手ざわりだけで判断し進んでいかなければならなくて、氷河に穴空く場所を探し釣り糸を垂らす時間はない。

昨晩のメールにはハートマークがたくさん、数は言えないけどたくさん付いていて、どうか死んだ後でも覚えていたい。願いが叶うようとっさに携帯を冷凍庫に入れる。

まちがえたと肩を落とす次の日にまだ命拾いをしていたと知る。宝石は今でも苺くらい大きいおとぎ話の中のサイズで、翠色が殊更に輝いている。

おんなじお母さんだったら楽しかったのにと好きな人に言った。寝ぼけていると思われたけど「本気よ」と首を傾けてみせる。手編みのセーターもミルクセーキもとびきりで、おやつのカステラは紙に付いたザラメまで一緒にこそいだ。うっかり眠る炬燵でうなされて帰ってこれるのは子どもだけかもしれない。額に触れる手の平がなければ、紅い火に劇的に溶かされるでもなく水分を奪われて、眼が開かなくなるのかもしれない。

しごとなど行きたくないと玄関

で靴はきながら思う。マンモスの時代だったらいいのに。動物の皮一枚を巻いてあなたが狩りに出る。誰とも仲良くならず最後尾でｉＰｏｄを聴きながら。私は貝を拾うのです。夜が来たらいっしょに眠ります。マンモスの時代であれば私の乳房は今よりずっと大きいような気がする。

わたしを好きな子とわたしを嫌いな子とがいるので、そのことについて。でも、検索から抜け落ちているものの方が多いです。この領土の何倍がほしい、その何倍がほしいという兄弟を出しぬいて、豆粒一つを卓上に置き、この豆粒の外側全部といった末っ子よ。であるからにして、わたしはみぞおちを撫でられる。尖った肋骨を包む白く薄い皮膚。東京旅行の前日。ここにある薄明かりのみぞおちは検索にかからない。

並べられるのはコーヒー、紅茶、緑茶。ホテルにココア粉を持ち込む。清潔な白いリネンの上でココアを飲みたい。こぼしたらいけないと思うとき、子どもでいたいから粉末のココアを溶かす。沈殿したかたまりをプラスチックの匙で食べた。上手に溶かせるようになったとき魔法がとける。要らない魔法を抱きしめて奥歯を噛んでこの月はなんだか疲れた。額に汗がにじむ。ブラウスが透けている。

＊豆粒の話は尾形亀之助「おまけ 滑稽無声映画「形のない国」梗概」（『障子のある家』私家版、一九三〇年九月）に拠る。

Essay

Iwashita Shoko

あんず色

千春ちゃんはお風呂上がり。あんず色のスリップに、白いヨットパーカーを羽織っている。このスリップは藤島さんからの贈り物で、千春ちゃんのお気に入りなのだ。

「私って何てスリップが似合うんだろう」

あの時千春ちゃんは包みをあけ、さっそく着てみてそう言った。

「ほら、豊満だったりガリガリだったりすると、スリップ姿って何かいやらしいでしょ」

たしかにそのスリップは、千春ちゃんのすんなりと白い手足に似合っていた。

江國香織「藤島さんの来る日」
(『つめたいよるに』新潮文庫一九八九・八)

私は学生を信じテンションを上げてうったえる。白いヨットパーカーにあんず色のスリップよ! スリップがわからない男子、ヨットパーカーがイメージできない若者。こちらだってヨットパーカーもスリップも全盛期でなかった。それでも、このスリップは桃色やレモンイエローではいけないし、それに合わせるのが淡いデニムのホットパンツでもいけなくて、あんず色は白いヨットパーカーに包まれほのかに発色するのだ。すんなりと白い手足にそれを想像してみて? 女子も男子もやっと安心してにやにやする。良いにやにやの時間。脳漿はあんず色へとほぐれる。

大学院時代の同期に台湾からの留学生がいて、彼女は日本の《湯けむり殺人》的な二時間サスペンスを見るのが好きだった。宮沢賢治を専攻していたこととのギャップも楽しい。二時間サスペンスドラマは定型を織りなしてくれるのだ。賢治や文学者に絡める脚本があっても、「どっどど どどうど」それそのものは表現されない。女性の服装も同様、サスペンスにおいてそれは記号となってキャラクタ設定を視聴者と共有し、安心させる。さばけた性格をパンツスーツで、性悪のホステスを茶髪と口紅で表し、薄幸の主婦はまずショートカットではない。

私を尾形亀之助研究へと誘ってくれたのは江國香織『ホリー・ガーデン』(新潮社、一九九四・九)である。尾形の詩をふと呟くヒロイン果歩のファッションは「non・no」や「WITH」をしのぎ、高校生の私を憧れさせた。

静枝の目には、ビーズの首飾りがやきついていた。透明感のある白いビーズ、それにやはり光沢のある、玉子色のビーズと臙脂のビーズ。四種類の小さなビーズを、不規則にただまっすぐつなげただけの首飾りは、今日子ちゃんの手作りだと言っていた。たっぷりした小豆色のセーターを着た果歩に、それはとてもよく似合っていた。

六歳の姪の手作りネックレスと大人の女性のアンバランスに震撼し、私は早速ビーズの首飾りを拵えたのだった。あんず色も臙脂もオレンジと呼ぶことは可能で、しかしその「オレンジ」が取りこぼすものは美しく痛ましい。

「藤島さんの来る日」の「千春ちゃん」はいい子だ。藤島さんが来る日は部屋をわざとちらかし、料理上手であることを秘め、できないふりをする。藤島さんは、妻帯者だ。「私って何てスリップが似合うんだろう」。不足した台詞は、ヒロイン自身が主張しない「何てあんず色のスリップ似合うんだろう」という真実を孕む。あんず色のスリップを着た彼女の健康体は、まっすぐに聡明だ。

he admitted at
because he is Paul
gaily.
wish I'd said my prayers
logic. "But it's too much bother
say them twice over in the morning,
was positive it would not do as well. So
down at her knee. When he had finished
back on his little, bare, brown heels and looked
I'm gooder than I used to be,"
indeed you are, Davy," said Anne,
where credit was due.
I'm gooder," said Davy confidently.

志村 喜代子

しむら　きよこ
高崎市生まれ。「ル・ピュール」「Essence」「燎」「高崎現代詩の会」等の会員。近々に第三詩集をまとめたいと……願う日々。

祀り

暗紫色の　夕景
テールランプは二度またたき

這いつくばる猫の背骨は
身の程を知っている

置き去られた猫は
それでも　日がな　毛なみを梳く
じぶんへの愛着　ほかに何あろう

行方は　くらましてやる
はみ出す爪を閉じ
消える性《さが》は　こころ得ておる

芸当もなく
苦にもされず
猫は老ける
あとの祀りのその前

サルスベリ

闇を増す
青ぐろい並木は
むらさきの小粒の実を
地面に落とす
実るほど暗紫色
食べられない
さくらんぼと呼んだが

子沢山の隣りの貸し家の
ハー坊ちゃんは
種の白い青いくるみの
中毒で
もっと白いもっと　あおい
いのちを殺ってしまった

七月　未熟な実の
すずなりに垂れる枝
蒼びかりの　うぶ毛

襲われた薄いみどりの胃袋
まあだだよ　言ってやる間もなく

七十年　とろ火にかけてきた
食べられない
空にただれるサルスベリ
昭和十九年ひもじさの四歳

ゆたりたらり

回想のタンスを開ける
たっぷりのラグラン袖
ゆったりのロングスカート
ニットの上下を
しんそこ着たくなりました

わたしたち
腕を取り合い歩いたことなどあったのでしょうか
リュックの端にふれている手がいとおしかったと
そのハイキングって　幻だったのでしょうか
廃園を夕日の際まで

ゆたりたらり　幽明歩きをほどこせば
骨たちの呻きは楽になりましょう
臓腑の　みれんも溶けましょう

できれば
あなたが果たした
ゆうれいになる　それは本望
不義密通は晒し者
打首の時代ありまして
ふたり　疾うに首などいらないゆうれい

居るのに居ない
居ないが居る
変幻自在
ヒト科ヒト属ヒト種ユーレイ
ひたいの三角巾　エロス燻らせ
あしたは
ゆたりたらりと着てみます

破線

血止めの紐を解くように
脈うち出す日々《にちにち》の圧
病み　滅ぶがままの終ののちにも
りくぞくと日の枡をつらねる
剝落

十月を

壁に吊って拝《おろが》み祈るその月半ば
切って落とされた弐万七千余日　兄の

根こそぎ倒れ伏す森の風
田野をのみほす泥の雨
嵐の界に　ひそかにも
ヒトの異変のなんとつつましいことか

月ごよみにミシン目を入れ
引き剥がしやすくする
彼《か》の岸への知恵
凍てつく十月の破線
・・・・・・・・・・・・・・・・・・

どこかで鳴っている
生きもののぬけ殻の
ひび割れた背や胸から
洩れくる濁音
・・・・・・・・・・・・・・・・・・

ミシン目は
つるりと垂れている

外燈

なぶる雨を
くまなく映し出したとして

山の湯の宿の
駐車場を
夜っぴて照らしたとして

眠るおとこと
眠らないおんなの
仮りそめを投射し

なにも印さず
一期の水文字
雨の層に
立ちつくしている

Essay

Shimura Kiyoko

あすなろ忌

群馬交響楽団の前身を映画化した「ここに泉あり」が、公開されたのは一九五五（昭和三十）年二月のことである。折りしも、群馬交響楽団の拠点である高崎市を訪れた崔華國（一九八五年詩集『猫談義』でH氏賞受賞）は、この映画を「久しく枯れ果てていた私の胸によみがえる、感涙の泉」と絶賛。ついに二年後の七月、「郷土を美しい詩と絵と音楽で飾ろう」をキャッチフレーズとした音楽茶房「あすなろ」を高崎市本町に開店（のちに鞘町へ移転）。その翌年、詩・音楽・美術をめぐる芸術文化誌「あすなろ報」を発行。群馬音楽センターの建設運動を支援するべく、「運動の推進力として寄与したいという情熱が発行のきっかけになった」と当時を振り返っている。

「あすなろ」は、芸術のメッカとして老若男女が参集し、特に「毎月第一、第三の木曜日の夜は〝詩の夕べ〟と銘うって詩の朗読会をはじめた。群馬はあすなろの宝庫であるばかりではなく、詩の古里ともいわれている郷土である。高崎在住の詩人、故岡田刀水士氏が中心となり、郷土の詩人、舞台俳優など入れ代り立ち代り朗読し、やがて東京から、嵯峨信之、故木原孝一、関根弘の各氏も参加し（後略）」と崔自身が『花神』一九八五年「あすなろ始末記」として回想している。また、一九六六年七月に行われた「詩人とつどう会」についても、自編年譜に記している。「東京在住の詩人を一夕、神津荒船高原へお招きした日のことは、あすなろ主催の詩人との集いのなかでも思い出に残るものである。地元の上信電鉄の後援で、電鉄の大型バスが、集合地、上野公園の文化会館まで出迎え、詩人十六名を乗せ高崎、下仁田を経て、神津荒船高原まで一路三時間のドライブであった。東京の世話役は嵯峨信之。群馬の詩人達も若いあすなろ会員等も合流し、高原の星空の下でキャンプファイヤーを囲み、夜の更けるのを忘れた一夜であった。」西脇順三郎・会田綱雄・石原吉郎・財部鳥子・新藤千恵・吉行理恵、山本太郎・田村隆一・吉原幸子・石垣りん等々豪華な顔ぶれである。

崔華國が愛した高崎・高崎市民及び県民が愛した「あすなろ」は、一九八二年閉店。同じく年譜では「店を閉じるまでの二十六年間に、群馬交響楽団の室内楽をはじめ、小沢征爾が率いる〈城の夢〉合唱団の演奏会まで入れて二六〇回の演奏会、詩の会を一四〇回、絵の展覧会を三十六回開いた。」あすなろ報は終刊まで七五号を刊行している。「あすなろ」はその後、空き店舗となっていたが、二〇一三年六月、高崎市が改修、高崎経済大学の学生らによるNPOが経営するという画期的な復活を遂げ現在も運営されている。

七十歳でH氏賞受賞詩人となった崔華國は、世界詩人大会や世界ペン大会に数度参加し詩への情熱を注ぐなか、一九九五（平成七）年六月、アメリカへ移住。永住権を取得二年後の三月十二日逝去、フィラデルフィアに眠っている。自編年譜に継いで奥様の金善慶さんは「五月十四日高崎にて偲ぶ会。あすなろ、裳、西毛文学、群馬交響楽団、画家を中心とした感動の会であった。五月十七日、東京にて偲ぶ会。（後略）」と付記している。気宇壮大な詩業と人間性を偲び、高崎で「あすなろ忌」が発起の運びとなったのは、二〇〇一年十月二十一日であった。本年で十七回、岡田刀水士を特集した。

志田 道子

しだ　みちこ
一九四七年東京生まれ。既刊詩集『わたしは軽くなった』（花神社）、『あの鳥篭に餌をやるのを忘れてはいないか』（七月堂）、『エラワン哀歌』（土曜美術社出版販売）。

サンシュユ（山茱萸）の木

（i）

冷たい春に放り出されて
光は戸惑っている
咲いたばかりの菜の花の上を駆け
黄色い小さな花をいっぱい膨らませた
サンシュユの枝でひと休みする
風
咲きかける梅の花にも足を伸ばした

良かった
やっと
春が来る

（ii）

サンシュユの梢で
光は風に変わって
キラキラと光の粉を漂わせた
もうあなたの眼差しを探すのは止めた

わたしも風になって
大空を吹いて行こう

閏九月十三夜

鶏《にわとり》は太古の巨獣の
甲羅の匂いのする
脚を高らかに振り上げ
鋭い悲鳴をあげて
疾走する
百七十一年ぶりの自由
卵を腹に孕んだまま
ではあるが

人の胃袋も子宮も外皮だと

最近気付いた
見知らぬ幼子《おさなご》が女の体に入り込むことはない
女の体の外側の一部を
いっとき貸してやっているだけだった
という　理屈をやっと見つけて救われた
女は見知らぬ強欲に粉微塵に食い尽くされることはない
なので・・・
蹴る子　殴る子　怒鳴る子　泣く子
たった一度の命を貸してやった恩義も知らず
消えて無くなれ　此畜生

後にも先にも
夢だけが現身《うつしみ》を救うのだから
岩群青の真空に漂う
巨大な月明かりのもと
鶏よ　駆けて行け
もういちど

生きる真似

生きる真似をしていたら
「もう時間切れだよ」と
風が通り過ぎた
苦しむ真似をしていたら
「大変だね」と

雲が夕陽を浴びて漂っている
そう
しあわせとはこんなもの
与えられた時間は
きっと永遠
一時《いっとき》も永遠も
あの輝く青空の向こうの
果てしない漆黒にとっては
きっと同じことなのだから

とみこ×90

とみこがいつものように
午後3時のバスに乗る
春分前の冷たい空気を逃れ
息を詰め
這うように車内に入り込む
病院帰りの小さな背中は曲がって久しく
細い手の甲はいつの間にか節立った
そこだけ湯気でも立ちそうな赤い毛糸の帽子
とみこは揺れる車内の椅子の上で
監査を控えた経理係のように
時間を惜しんでパンフレットを取り出した
「大切なご家族のために」
ピンクの字が躍る

「月に３０００円、90回のお支払いで
『白百合』祭壇セットのご利用が可能です」
とみこは写真のセットの花を確かめる
「沼田葬儀社友の会のご案内です」
とみこは再び表紙を確かめる
「大切なご家族のために」
ピンクの字は一人住まいの老女に囁いている
あと7年半で・・・お支払いは終わります
毎週お買い物に行く回数を一回減らすだけで
積立にご負担はかかりません
「大切なご家族のために」

助七商店――湯島妻恋坂下交差点

梅の花は終わった
路のところどころにしがみつく
若葉の間を潜《くぐ》り抜け
妻恋神社の坂を下って
外堀通りに戸惑う風は
焼き上がったばかりの煎餅の
醤油の臭いを纏っては
夫婦の頬を撫でて行く
・・・息子をひとり育てた・・・

この頃では喧嘩もしない　と
老女は笑う
一日中顔突き合わせていてもねぇ　と
何の因果でこんなばあさんと
老人は手を止め口をとがらせる
一日中火に炙られる額には汗も出ず
赤銅色に干からびてはいても
深い皺に埋もれてしまった眼《まなこ》を上げれば
瞳の奥には内気なままの幼子が
いたずらっぽく濁りなく
客の訪れにはにかんでいる

梅の花は終わった
とうのむかしに
何するということもなく
とっくのむかしに

Essay

Shida Michiko

ブログの窓から

五年前から毎日英詩を一篇、日本語訳してブログに載せている（土日休み）。記事は千（篇）を超えたが、訪問者は累計六千人ほど。毎日一人か二人が見に来てくれるが、ネットの管理者か？　旅行に出たり、病気だったりした時も休み。最初の頃は、どんなに深夜になっても、一日一篇の掲載を、その日のうちに果そうと頑張ったものだが、この頃ではそこまではしない。そのせいか最近になって、「ああ、こうやってのんびりと詩を楽しむという世界があるのだなぁ」と開眼した、と思った瞬間があった。……でも、何のことだったのか、すぐに忘れてしまった。

十年前、ガンジー家の御曹司ラーフルらインドの若手国会議員数人が来日し、歓迎レセプションが某大学で催された。その席で、「わたし詩人です」と名乗るMさんに出会った。彼女はその場で、詩人S先生を紹介すると約束してくれ、その年の夏メキシコのアカプルコで開かれる予定だった世界詩人大会に私を誘った。

一九六九年にイギリスで詩の世界大会がひらかれ、翌年オランダに本部を置いてPoetry Internationalが設立された。同じく一九六九年にフィリピン人A・ユーツォンが、世界詩人大会（World Congress of Poets=WCP）を設立して、主催者名をUPLIと名乗った。……お家騒動とか分裂とか様々な表現の噂を聞いたが、やがてそのメンバーの何人かを中心に、一九八五年主催者名WAACのWCPが設立された。現在ではWAACが毎年、UPLIが二年毎に世界のどこかで、WCPを開催している。一九九六年に前橋で開かれた世界詩人大会はWAACのWCP。二〇一四年に大阪で開かれたのはUPLIのWCPである。

二〇〇八年のアカプルコWCP（WAAC）のアンソロジー用の原稿を送ったところ、「私たちは、こういう詩に出会うために一生懸命働いているのですよ」と、メキシコ側主催者のM・E・S女史から温かい返信メールが届いた。その後、毎年WCPというものに参加していたが、体調の低下で、ここ数年はこうした世界からは離れている。

さて、ブログの話に戻ろう。「実千木《みちこ》のブログ」というのをヤフーの無料ブログ・サービスでやっている。毎日、朝食を食べて、規定の薬を飲んで、テレビに飽きるとパソコンを開くわけだが、メールを開く前に英詩を一篇か二篇訳す。つまり私の力でも比較的簡単に翻訳できそうな詩を選ぶ。背景にある外国の地名や風景、事情を調べるのは楽しみだが、言葉そのものがテーマになっていて難しかったり、特定の神様や国威発揚の趣を感じるものは避けて通る。「ああ、やっぱり！」と、ある人に言われた。私の詩が、現代詩の書き方ではない、と。……そう、具象に翻訳できないものは、私には理解し辛い。詩を作るときも、外国語に翻訳しやすい言葉を選んでしまう。

ギリシャでの大会に、ご主人、娘さんと一緒にやって来ていたトルコ人Fさん。「娘にとって私はつまらないヤツ。あの子は私がやってる詩なんか絶対にやらないわ」と言っていた彼女の詩には、捻りのきいた皮肉の背後に哀愁が漂う。「アラスカの凍る大地に月とオオカミの遠吠え」……絵になる光景を描いていたAさんは、最近ではお孫さんに捧げる詩を書く。インドの元裁判官Mさん。この頃、宗教対立や戦争を憂える詩が多くなり、他の人たちの流れと違う。もうとうに九十歳を超えたと思われるが、今、何を見ておられるのか？　ご主人が退職されて今はフロリダに住んでいるインド人のPさん。最近手に入れたS先生の作品の英訳本から一篇、今年の小金井公園の桜の写真を添付してメールで送ったところ、「……とても特別な力のある詩！　楽しみなさい！」と返事が来た。

THVANI HIST: SVI TEMP TOM III
GOTTFRIDI CHRONICA

GOTTFRIEDS
HISTORISCHE
CHRONIK

棚沢 永子

たなざわ　えいこ
一九五九年東京生まれ。大学卒業後、ちょうど創刊された新川和江・吉原幸子編集の「現代詩ラ・メール」の編集実務に携わる。現在はフリーのエディター＆ライター。昨年夏に『東京の森のカフェ』というささやかな旅の本を出しました。

トラオ、危機一髪　今日も気ままに猫的読書 7

それは二月某日、深夜のことだった。

トラオが突然吐いた。気がついたらスリッパの裏が濡れていて、「おや？」と思ったら、廊下にビシャビシャのキャットフードがぶちまけられていた。でもまあ、猫が吐くのは珍しいことでもないから、このときはまだまったく呑気なものであった。

（この一連の猫エッセイを初めて読んでくださる方のために少し補足しておくと、トラオは一昨年の春にめでたくわが家の家族となった雄の若猫で、三歳の姉猫タビとともに、家人にちやほや甘やかされながら日々賑やかに暮らしております）

「あら、食べ過ぎた？　それとも遊びすぎて興奮した？」などと言いながら床を拭く。ところが、それから間もなく今度は濁った水を、さらには黄色い水をエッエッと吐きはじめ、ちょっと食べたり飲んだりしてはまた吐き、を何度も繰り返すようになったのだ。トラオはみるみる元気を失くしていき、私と目が合うと辛そうにか細い声で鳴いて窮状を訴える。抱き上げると、肉球が異様に冷たい。三角のちいさな鼻が乾いて、どうやら脱水になりかけているような気もする。

そろそろ日付けが変わろうかという遅い時刻だ。さて、どうしたものか。このまま朝まで待てるだろうか。トラオを抱いたまま思案に暮れていると、娘が言った。

「最近、近くに動物専門のERができたらしいよ。たしか二十四時間対応だったと思う」

さっそくネットで調べてみると、そこはなんと家から車で十分ほどのところだ。このまま吐き続ければ脱水になるのは必至。今までの経験上、動物も子どもも、ちいさいものたちは悪くなるときは坂を転がるようにあっという間に駄目になる。ここで決断せずにいて、後で後悔したくない……。

三十分後、私と娘は動物救急外来のこぎれいな待合室にいた。あたりはしんと静まりかえり、明るい照明と白い壁がやけに眩しい。トラオを別室に引き取り診てくれているのは、優しくていかにも動物好きそうな若手獣医さん。はめごろしの窓からは診察室の一部が見えるようになっていて、ピカピカの最新設備や、入院用のケージなども確認できる。

待たされること約一時間。二時を回ったところで小部屋に通され、注意深く検査内容やトラオの様子が説明される。血液検査、レントゲン、エコー。それらは人間の病院と何ら変わりがない。ところが……。

血液検査の結果、なんちゃらの数値がかなり高く、伝染性のなんちゃらかんちゃらという難しい病気の可能性があり、もしこれに罹っていたらもう治療のしようがない、同居の猫がいるなら隔離する必要もある、などと言い渡されたのだ！

「脱水気味なので、いま点滴をしています。とりあえずこれで様子をみて、明日早々にかかりつけの先生に診てもらってください。カルテはそちらに送っておきますから」

そ、そんな！マジか!?　いやーこりゃ参ったわ。トラオはまだ二歳にもならない元気な若猫だ。まさかそんなに早く死を意識することになるなんて！　呆然と涙目のままトラオを連れて帰り、眠られぬ一夜を過ごしたのだった。

翌朝、かかりつけの先生に診てもらい、心配していた急激な数値の悪化は見られないから、単純に重症の胃腸炎かもしれない、との言葉にホッと胸をなでおろす。でも、バリウムや内視鏡検査では何かが腸の入り口で滞っていることは確かだから、最悪の場合は開腹手術もあるかもしれない。ただ明日は日曜だし、とにかく週明けまで入院して少し様子をみましょう、と。

……そうだった。この子は以前、三十センチもの紐を飲みこんで、お尻からプラプラさせながら逃げ回ったという前科を持つ猛者であったのだ。何か変なものを食いちぎって飲んでしまったということも大いにあり得る。

入院すること二泊。その後トラオは少しずつだがご飯を食べられるようになって、四日ぶりぐらいにそれなりのウンチも出て事なきを得た。しかし原因はいまだ不明。「もしかして何か飲み込んだのか？疑惑」も、完全には拭い去れなかった。

あああ、それにしても心配で心配で、ほとほと参りました。こんなに小さいけれど、やっぱりうちの大事な家族だからね。

後日、『猫は、うれしかったことしか覚えていない』（幻冬舎　石黒由紀子・文、ミロコマチコ・絵）という本を見ていて衝撃を受けた。この本はミロコマチコさんの絵が可愛くてたまたま手にしたのだが、まあなんと、冒頭から著者・石黒さんちの猫「コウハイ」くんが似たようなことをやらかしているのだ。つまり、梅干の種を転がして遊んでいるうちについ飲みこんでしまい、悲惨な開腹手術の破目に遭う、という。けっこうあるのね、こういうことって。

回復して退院と相成ったコウハイくんのご主人に、しかし獣医さんはとんでもなく不吉なことを予言する。「誤飲した子は、必ずと言っていいほど、またしますから」。すなわち、猫には楽しい記憶だけしか残らない。苦しかったり大変だったりしたことはすぐに忘れてしまうので、梅干の種を見つけると、面白かった記憶だけが蘇えってまた同じことを繰り返してしまう。「猫とはそういう動物なんですよ」と。

そうなの!?　もしかしてキミたちはそんなにお気楽で幸せな生き物なのか！　私はくらくら目眩さえ覚えたのだった。

さて、今回のテーマは一応、「家族」である。

柳美里さんの『ねこのおうち』（河出書房新社）という本がある。これは一匹の母猫と六匹の子猫、そして彼らを取り巻く人間たち家族の物語だ。

ネタバレではあるが、ここであらすじを少しご紹介することを許してほしい。ある日、血統正しき雌のチンチラが飼い主の油断した隙にマンションから逃亡し、野良猫との間に三匹の子猫を産んでしまう。奥さんは雑種の子猫たちを嫌い、なかでも相手の野良に似た短毛のキジ虎がことのほか気に入らない。生まれたばかりの、まだへその緒がついたその子を母猫から引き剝がし、「公園に捨ててきて！」と高圧的に夫に命令するのだ。夫のほうはいやいやながら妻の言いなりに公園へ。そして、以前からぼんやり考えていた妻との離婚を決意する。

公園に捨てられたキジ虎は、近所のおばあさんに拾われて命拾いし、ニーコと名付けられる。おばあさんはニーコが大好き。ニーコもおばあさんが大好きで、二人はいつも一緒。だが、その幸せはいつまでも続かなかった。おばあさんの認知症の進行とともにニーコは家を追われ、再び野良となって公園へ。そしてそこで六匹の子猫を産んだ。相手の猫にそっくりなぼんぼり尾の茶虎、カギしっぽの茶白、真っ白な長毛、真っ黒な長毛、サビの長毛、ニーコにそっくりなキジ虎。

それからほどなくやってくるニーコの死。公園に置かれた殺虫剤入りの肉団子を食べ、離乳前の子どもたちを残してあっけない最期をとげてしまう。ニーコは自らの運命に従い、最も幸せだった頃の思い出に包まれながら死んでいくのだった。


「ニーコ」

おばあさんの声です！

ニーコはおうちに帰ってきたのです！

グルグルグルグルグルグル、あばらが浮き出た脇腹が震えるほどニーコは喉を鳴らしました。まるで歩いてでもいるかのように前足をピクッピクッと交互に動かしました。息を吸おうと口を開けましたが、込み上げてきた血が喉を塞ぎました。……


と、ここまでが第一話だ。なんて辛い、過酷な死にざまだろうか。しかし、これが今の野良猫たちを取り巻く現実でもある。

そして、第二話からは、ニーコの子どもたちの運命の鍵を握る人々の、様々な家族の形が描かれていく。引きこもりの姉を持つ内気でシニカルな少女、離婚した親への恨みをずっと引きずっている孤独な青年、貧困と虐待の匂いが付きまとう母子家庭の少年、不治の病に冒された妻と後に残される夫。どの登場人物も事情は違うが皆それぞれに傷ついていて、切ない。でもひょんなことから彼らの許にやって来た子猫たちは無邪気で、いつの間にか彼らの心の隙間を埋めていく。子猫たちはいつもまっすぐで嘘がなく、健やかだ。

この本に書かれたそれぞれの物語は、決して手放しのハッピーエンドではない。だが、彼らは猫たちのおかげで少しずつ癒され、しだいに平穏な日常を手にしていく。猫はかけがえのない家族となって、いつもそっと彼らに寄り添うのだ。


この六匹の猫とその飼い主たちを絶妙な間合いで結びつけているのが、カモメ動物病院の港先生と、公園の近所に住む田中さんだ。田中さんは公園の野良猫たちにひそかに餌をやり、保護して避妊手術を受けさせ、冬には自分の家の物置を猫に提供したりする愛すべきおじいさんである。そしてとうとう田中さんが決断し、野良猫たちを預けた「ねこのおうち」は、老人と猫が共存して暮らせる、新しい形の老人ホームだった。

そして、そこで最後に、田中さんは信じられないような一つの奇跡を目撃することになる……。


この最終話には、実はちょっと参ってしまった。年老いた家族と暮らす身としては、ここに描かれたいくつかの挿話は痛烈で、とても他人事とは思えなかったからだ。ホームに逗留する老人たちの描写はあまりにリアルで、胸に刺さる。現代は医療が進み、老人たちにもそれなりの受け皿ができ、ケアが施されるようにはなったが、人は逆になかなか猫のように淡々と死んでいくことができなくなった。いや、もともと死に「淡々」などということはないのかもしれない。あっけない死ももちろんあるだろうけれど、高齢化社会となった今、多くの人にとって老境を生きながらえることはそんなに簡単ではないのだろう。

何不自由ない暮らしが猫たちに用意されたような環境は、ある意味理想郷だろうか。でも、誤解を恐れずにいえば、そこは究極の吹きだまりのような場所になっているのではないか。うちの老人が日々お世話になっている施設は、設備もいいし、職員さんたちも親切で、感謝しきれないほど感謝している。しかしそれでも、どうしても何か割り切れない自責の念みたいなものが自分の中に残るのはなぜなんだろう。本当に望ましい晩年とは、どういうものであればいいんだろう。今は、老人たちが生きやすい世の中になっているんだろうか。猫も人も生きやすい世の中って、どうしたら実現できるんだろう。どうにもこうにも生きにくそうなわが家の老人の日常をみていると、なんだかもやもやと悩ましさばかりがこみあげてくるのだった。

わが家の姉猫は嫌だったこともかなりしつこく覚えているから、「猫は楽しかったことしか覚えていない」といってもどこまで本当なのかはわからない。それでも、猫たちの寝顔はいつも手離しの幸福感に満ちていて、なんだかくよくよと悩んでいるのがバカらしくなる。私も猫のように淡々と生きられたらいいのに、などとつい思ってしまうこの頃だ。

それにしても。トラオの入院騒動の費用は、全部で十三万円超。トラオは家族だから、もちろん全然惜しくはない。全然惜しくはないが……家族ってなかなか大変よね。

眠る猫たち

田島 安江

たじま　やすえ
一九四五年大分県生まれ。所属詩誌「侃侃」。既刊詩集『金ピカの鍋で雲を煮る』『水の家』『博多湾に霧の出る日は、』『トカゲの人』『遠いサバンナ』。共編訳・劉暁波詩集『牢屋の鼠』。

海とラクダ

詩の言葉は暗く続き、日々は明るく過ぎる。
海にはラクダがいる。
誰も信じないけど。
海辺にいるラクダ。
背中のこぶとこぶの間のくぼみに魚を飼っている。
歩くたびに水がたぷたぷと揺れる。
ラクダの背中に魚はしがみつく。
ラクダは葡萄も林檎も食べる。
ラクダのこぶからは得も言われぬ甘い香りが漂う。

靴の裏がすべて教えてくれるといったのはホームズだったか。
ラクダを追ってここまで。
ラクダのもとに駆け寄る。
ラクダに一言、二言、しゃべりかける。
あなたを待っていたわ。
とても懐かしい気分なの。
ラクダはふっとわたしを見る。
笑ったようだった。
海は憧れだったんだよ。
生まれついてからずっと。
一度でいい、海を見てみたい。
海を見たらその場で死んでもいいと思うぐらい。
ではよかったのね。
いま、海辺にいて。
そうさな。
海を見るという願いはかなったのだが。
ここはまだ海辺でしかない。
今は、どうしたらこの海で泳げるのだろうと考えている。
ラクダが泳ぎたいだなんて。
わたしもふっと笑う。
ラクダは靴をはいていない。

川を

川を上ってやってくる。
男たちも魚も。
何の前触れもなく、忽然と。

暗いはしけを渡って。
時には叫び声をあげながら。
魚には毎日であう。
魚の声はミミの声のようで。

毎朝、川を下っていく。
あらゆるゴミに混ざって聞こえる声。
大事な声を聞き逃さないで。
流れてくるものもあれば上ってくるものもある。
悲しくて捨ててしまった心も。
ボラ、イナ、そしてエイが泳いでくる。
今日はクラゲにであう。
フワリとした存在感がたまらない。

動くな。
突然、声が降ってくる。
つらい。
声がでる。
マナなの。

市場の男

市場で会った男。
漁に出ない日だけ、この市場で働く。
男に会うたびにしつこく尋ねる。
ねえ、漁に連れていって。
ちらりとこちらを見る。
「無理だな」
一言言って出ていく。
毎日市場に通う。
入口の暖簾をくぐる。
男はいちばん奥にいる。
平台の上にずらりと魚を並べ、客待ちをしている。
じりじりしながら待つ。
男の魚が売れてしまうまで待つ。

男の漁場は、誰とも違うらしい。
けっして誰も誘わず一人で出かけていく。

港で会った時、男にたずねた。
どこから来たの。
ボートの上から男は答える。
宇宙からだ。
男が宇宙というとき。
言葉はひっくり返る。
海の波も裏返る。
魚が飛んだ。
男が指を向ける。
魚はふいにわたしのなかにもぐりこむ。
魚は夜ごとわたしの前に現れるようになる。

どこを泳いできたの。
どうしてわたしの中にいたいの。
わからない。
これからはしばらく君のなかにいるよ。
海の水を。
アルカリ性と酸性とに分けてくれない。
その日の気分でいいのか。
そう、気分で。
たとえば今日は酸性の気分なの。
では潜ってみるんだな。
海の底まで。

甘い憂鬱

わたしの中に魚が入ってから独り言がふえた。
閉鎖された工場からあふれでる水。
男は、チョコレートを手のひらに載せる。
辛口カレーだ。
男はチョコレートを手にする。
ポイッと口にほうりこむ。
チョコレートがカレー味になる。
本が雪崩落ちてくる。
真実より美しい嘘なんてないよ。
ゲームを終わらせるかい。
夕暮れが正しい対処法さ。

甘さ控えめのロシアンティ。
紅茶に溶け込んでいく甘さが。
海の塩味と溶け合う。

地下トンネルを小さな船が通りぬける。
船が沈む前にネズミは逃げ出す。
この船に落ちたらそう簡単には抜け出せないから。
月の影にいるもの。
曖昧模糊としたもの。
連結されていた船団が消える。
トンネルの中の階段は見えない。
記憶はとてつもなく大きく曲がってやってくる。
耳の声が船の舳先をくぐってやってくる。
魚の傷口から血が流れる。
海の水で薄まっていく。
わたしの中にもそれが入ってくる。

川沿いの道を歩く。
上流に向かって。
川は背骨のようにくねくねと曲がりながら続く。
どこまでも。

Essay

Tajima Yasue

生と死の境目

ふと書棚から引っ張り出した本に読みふけることがある。今日もブラジルの作家パウロ・コエーリョ作『ベロニカは死ぬことにした』をついつい、読んでしまった。

彼の作品は何冊も読んでいて、初めて読んだのは『アルケミスト―夢を旅した少年』。そのときに感じた高揚感を思い出す。主人公の少年は羊飼いだが、今住んでいるところにじっとしていることができず、夢や冒険を求めて、旅に出る。大事なものを盗まれたり、怖い目にあったりしながらも　決してあきらめない。少年は、旅の最後に求めていたものを見つけ出す。そんなところが『星の王子さま』にも通じるものがありそうだ。作家自身も二年間世界を旅してまわったというから、この寓話的物語は、彼の見聞きした話が下敷きになっているにちがいない。

『アルケミスト』はある人からのおすすめ本だったのだが、私が常に現状に満足しないこと、いつも夢のようなことを考えていることを見抜かれていたのだろうか。

さて、そのあとで読んだコエーリョの作品は『ベロニカは死ぬことにした』だ。このタイトルにドキッとさせられるが、何もかもに恵まれ、あまりの退屈さに自殺を選ぶベロニカ。命は取り留めたものの五日しか生きられないという。人生残りの五日間に何をするか。そんな命題を突きつけられる物語なのだが、この本にパウロ・コエーリョのサインが残っている。この本が発刊された二〇〇一年ごろ、私は本のウェブサイトbk1に書評を書いていた。当時は新刊が出ると、出版社からいち早く本が届けられ、書評を書くと執筆料がもらえた。それで何冊かの貴重な本を手に入れることができたが、出版されたばかりの須賀敦子の単行本数冊は、特にうれしかった。

話をコエーリョに戻そう。あるとき、出版を記念して来日するコエーリョのインタビューをしないかという話が舞い込んだ。ちょうど時間的に空いていたので、わたしは喜んで受けた。もちろん、東京まで出かけていって。本は前もって読んでいたし、当日は通訳もつくといわれていた。その日、私は緊張しながらホテルの待ち合わせ場所に向かった。だが、そこに待っていたのは角川書店の担当編集者だけで、理由は忘れたが、ちょっとした手違いがあって、通訳がつかないという。担当者と私は顔を見合わせた。彼は留学経験があり、英語はかなり話せそうだ。私はカナダに二年住んだことはあったので、日常英語だけはなんとかこなせる程度。

コエーリョは時間通り現れ、予定通り、始めるしかない。コエーリョはもともとポルトガル語をしゃべる人で英語は外国語だけど、英語でのインタビューをお願いする。彼の英語はわかりやすく、担当者も私もほっとして、インタビューは進められた。人はどんなときでも何かを簡単にあきらめきれない。主人公のサンチャゴ少年もどんな目にあってもあきらめない。何とかして、その危機を脱しようとする。一つだけわかっているのは、どんな時も本気で取り組むべきだということ。中途半端はいけない。それが夢を追いかけるということなのだ。ベロニカの物語も同じで、「生きる」ということの厳しさを伝えたかった、とコエーリョは語った。

『ベロニカは死ぬことにした』はその後、日本を舞台にした映画になったらしいが、これはカズオ・イシグロの場合とよく似ている。彼の著作『わたしを離さないで』もまた、日本に舞台を移してドラマ化された。

ところで、主人公ベロニカから突きつけられたのは、生と死の間に横たわる溝の深さだ。人は自分で死を選ぶことはできても生きられる時間を選ぶことはできない。選んでいるように見えて、実は選ばれている。その境目は紙一重なのだと。

鈴木ユリイカ

すずき　ゆりいか
一九四一年岐阜市生まれ。現在自由な女たちの詩誌「something」を発行している。aoiuem's Blog-a Happy Blog
現代詩文庫『鈴木ユリイカ詩集』（思潮社）。田中庸介さんの「妃」に参加。

まだ　眠い

クレヨンの下の土のなかに
木の根がいっぱい生えている
土のなかに土の兄妹がいて
ひっそり　木の根を暖めている
それから　木が眠ると　木は細くのびて
太陽をふりむき　枝を長くのばす
木も眠っているうちに
葉っぱのなかに　鳥たちが帰ってきて
あちら　こちら　もっと遠い川や海を越えて
いっせいに　おしゃべりする
それから　ぴたりとやめる
木は鳥たちのホテルになる

まだ　眠い
まだ　まだ　眠い
男の子が木をだきしめにやってくると
木は大喜びで　頭のうえに花びらをふりまく
そして　木は眠りながら太く高くのび
百歳にもなる

しかし　老人は杖をついて木に会いにきて
幹に触わる
やぁ　といい
やぁといい　人間も百歳になっていた
でも　亀は百八十五歳だからね
と笑う
まさかの　まさかだね
眠い　まだまだ眠い

ヒロシマ学――マーラーへの予感

＊

初めに悲しみがあった

ほんとうに悲しいのは
まだほんの子供でなにが悲しいのか
よくわからなかったことである

ヒロシマのその部屋には竹のボディに
着せられた小さな中学生の学生服があった

被爆した子供の体はなかった

ガラスのケースの中に原爆投下と同時の
小さな腕時計があった
それをはめていたのは誰だろう?

その部屋に中味が黒こげになった
ひしゃげたアルミの弁当箱があった
持ち主は誰だろう?

その部屋に太陽と同じ六〇〇〇度の
熱風と熱線にあおられて蒸発した人の影が
うすく残っている階段があった

(わたしはその時四歳だった
　その時別の場所台湾にいた)

その瞬間その街で〇・四秒間の高熱線と爆風と放射能で
十四万人の人とあらゆる生物が消え去った

それがどういうことであるか子供は
五十三年たった今でもよくわからない

地球上のある一点で生命連鎖が一度完全に切れたということを
世界中の人間がまだよくわかっていない
ということは悲しみである

わたしにはその街全体がどこか見知らぬ星の
見知らぬ浜辺のように思える
そして　ある夏の朝　何かの不思議な光線の
加減で彼らが帰って来るのが見えるような気がする
その見知らぬ人びとは宇宙の波に打ちあげられて
到着したばかりなのに　わたしは名前も知らないのだ

彼らの目をわたしはどうしても見ることができない
そんな夢を見る　わたしがヒロシマのことを
よくわからないまま死ぬことになるであろう
と思うのは　悲しみである

今年の春は雪が降ったり霙が降ったり
雨が降ったり　また霙が降ったりして
なかなかやって来ない
少年がナイフで人を刺した
今日もアルジェリアでナイフの大虐殺があった
重い本は血まみれである

わたしの本の頁は
草も木も生えず
血まみれの手の跡がぐじょぐじょと残り
ヒロシマ以来わからないことだらけで
終わるだろうか?

＊　＊

それでもわたしは注意深くパンを切り

熱いスープを飲み
オレンジの皮をむいて食べていた
マーラーの音楽が鳴っていた
すると　いままで一度も考えたことがない
途方もないことが起こった
重い本の最後の頁に
それは最初の頁でもあるのだが
きらめく天体がばらばらとこぼれ落ち　一度も
触れたことのない星星が生き物のように
こちらを向いていた
静かに　静かに　新しい本が燃えていた

恐らく　わたしは死んだ人のような目を
　していたに違いない
その時わたしは月光が照らす海の底を
見つめているような気がした
見えない海の底の黒い藻はゆっくり　ゆっくり
揺れて古いなつかしい子守歌を歌っていた
やがてその藻は小さくちぎれて
ゆっくり旅に出ることをわたしは知っていた
小さな流れ藻は小さな青い魚を連れて
幾日も幾日も海流に乗って旅をするのだ
そして　冷たい目をして
さらに　わたしは考えていた
いのちはみんなどこへ行くのか？
いろいろないのちは土に向かうとも
神に向かうとも　死に向かうとも

山を越えるとも　川と一緒に流れるとも
きいたことがある
海から蒸発して雲になるとも雨となって降るとも
きいたことがある
花ひらくとも　飛ぶとも　燃えるとも
きいたことがある
生まれ変わるとも　循環するとも
指先から砂のようにこぼれ落ちるとも
きいたことがある
しかし　さらに　さらに
いのちはどこへ　向かうのか？

音楽は続いていた

重い本が燃えていた
死のような声が響いていた
何かすっかりわたしを破壊してしまうような声が…

―おまえはまだわからないのか？
―いのちはすべて宇宙に向かうのだ

では向かいのビルたちの無数の灯りも宇宙に向かうのか？
では宇宙にも流れ藻があるのだろうか？
その流れ藻に乗って
ヒロシマで消えた人びとも
いまは宇宙をめぐっているのだろうか？
夏服の中学生はお母さんに会えたろうか？

小さな美しい時計をはめていたひとは
恋人に会ったろうか？
銀行の階段で倒れたひとは自分の影に出会ったろうか？
校庭に並んでいたセーラー服の少女たちは
もう一度もとの姿に戻ったろうか？
狂おしく咲く花のように
宇宙の新しいいのちに出会ったろうか？
一個のオレンジも
花の種子も　おたまじゃくしも
馬も　鯨も　とんぼも
いのちあるものはみんな宇宙に向かうのだろうか？
いのちがかってあったものも
みんな宇宙をめぐるのだろうか？
そして　わたしたち生きているものも
もう生きていないいのちも
宇宙のどこか果ての果てで出会うのだろうか？

（そのように
　わたしは予感する）

　＊　＊　＊

白い巨人の音楽は続いていた
重い本は隕石のように燃え続けていた
—おまえがほんとうに悲しいのは
　残るにしろ出発するにしろ
　　決別の時が近いからだ

空間を超えて方向を定め
寝返りをうつ遊星の間をすべり
近づいては遠のいていく星雲に合図しながら
太陽の一生のように光輝く
飛行をするように
やがてわたしたちはなるだろう
なぜなら　わたしたちは生きなければ
　ならないからだ　そして生きること
生き続けることだけが美しいからだ

花の種子がどこかでこぼれている
今年　北の国から帰ってくる鳥たちの翼は
星に触れたろうか？
今年　これから咲く桜の花は恐れとおののきに満ちて
白く咲きこぼれ　宇宙に向かうだろうか？
ただ一度春はやって来る
ただ一度花は咲く
ただ一度今年の春をわたしたちは生きる
死と生の味のするオレンジ＊を食べながら
一つのことを知る

すべてのいのちは宇宙に向かう

（一九九八年）

＊死と生を語りかける果物＝リルケ「オルフォイスへのソネット」

編集後記

昔、ある若い詩人の家に行ったら、きれいな鳥が鳴いていて、ゴシキヒワではないかしら、という。私はこんな鳥と一緒に暮らしていて羨ましかった。ところが最近借りてきた本でメアリー・オリヴァーという詩人の詩にゴシキヒワがでてきてびっくりした。「ほんとうのことを言おう／この世のあらゆるものが来たる。／少なくとも、近づいてくる。しかも優しげに。／何かかじっている金ぴかの魚のように／蛇のようにとぐろを解く、／ゴシキヒワのように、小さな金の人形のように／空のかたすみではばたく／神のかたすみ／青き大気のかたすみに」あまりに好きだったから、詰めて書いたけれど全部書きたかったです。

●鈴木ユリイカ

…………………………

『本のエンドロール』（講談社）という著書がある。印刷会社や製本屋にほぼ三年間取材して書き上げられた小説だ。ここでいうエンドロールとは奥付のことで、本を一冊でも作ったことがある人は必ず聞かれるはずだ。奥付の日付はどうしますか、とか。最近の出版の多くがパソコン上でデータ作成され、印刷会社にわたるのは、最後の段階だ。映画のエンドロールが始まる前に席を立ってしまう人が多いように、奥付まで見ない人も多い。編集者の思いと読者の思いは必ずしも重ならない。書店に足を運ぶように、印刷会社の工程も、本を愛する人に知ってほしい。作業をする人たちもまた、本を愛する人なのだからと、著者安藤祐介は書く。

●田島安江

…………………………

小学校の頃は、毎日昼休みになると図書室に通って本を借りた。放課後は一目散に帰ってカバンを投げ出し遊びに行くのが常だったけれど、一日の終わりは布団をかぶってワクワクしながら本を読むのが日課だった。ルパンやホームズ、ムーミンやピッピ、歴史の中の偉人たち、あるいは図鑑で見た虫や動物たち……様々なものが毎晩親しく夢に遊びに来た。

考えてみると、子育てに追われて全然活字が読めなかった十年ほどを除いて、傍にはずっと本があった。でも読書の仕方は昔とはずいぶん変わってしまったし、あの頃のような至福の時間はどうしても取り戻せない。それがちょっと残念だ。

●棚沢永子

『something』は同人誌ではありません。
『something』では作品の既発表・未発表にかかわらず、詩人たちが自らのセレクションによってそれぞれ4頁を構成しています。

something27

二〇一八年六月三十日　第一刷発行

編集・発行人／サムシングプレス　鈴木 ユリイカ
〒一九八-〇〇三二
青梅市野上町二-一六-一〇
SENTIA NOGAMI 四〇三号室

編集／田島 安江　棚沢 永子

発行所／株式会社 書肆侃侃房（しょしかんかんぼう）
〒八一〇-〇〇四一
福岡市中央区大名二-八-一八
天神パークビル五〇一号
電話　〇九二-七三五-二八〇二
FAX　〇九二-七三五-二七九二
http://www.kankanbou.com/
info@kankanbou.com

表紙・本文デザイン／日高 信生
写真／岡田 美和子
DTP／黒木 留実（書肆侃侃房）
印刷・製本／大同印刷株式会社

ISBN 978-4-86385-322-5 C0492